KB252817

아침 설렘으로
집을 나서라

QR 코드를 스캔하시면 『아침 설렘으로 집을 나서라』의 집필 배경이 된
세계 최초 '무인태양광자동차경주대회'의 하이라이트 동영상을 감상하실 수 있습니다.

서울대 교수 서승우의 불꽃 청춘 프로젝트

아침 설렘으로 집을 나서라

이지북
ez-book

그럼 용기와 도전 정신이 있으면 원하는 성공을 이루어낼 수 있을까? 여러분도 동감하겠지만 이 질문에 대한 답은 '아니오'이다. 왜 그럴까? 사실 이 질문에는 허점이 있다. '용기' '노력' '열정' '도전'은 매우 주관적이고 상대적인 의미를 가진다. 사람이라면 누구나 나름대로 자신은 용기가 있고, 노력도 할 만큼 하고, 도전 정신도 갖추었으며, 일을 추진할 열정도 충분하다고 생각한다. 그러나 '용기' '노력' '열정' '도전'은 '있다'와 '없다'의 이분법적 판단보다 '어느 정도 있느냐'를 따져야 한다. 수준과 절대량이 문제인 것이다. 우리가 스스로 '용기' '노력' '열정' '도전' 정신을 충분히 가지고 있다고 해서 그것이 늘 빛을 발하는가에 대한 답 역시 '아니오'이다. 우리가 원하는 결과, 즉 성공을 향해 다가가는 각 단계에서 그것을 어떻게 사용하는지를 생각해야 한다. '용기' '노력' '열정' '도전'이라는 구슬을 어떻게 잘 꿰어 하나의 보석 목걸이를 만들 것인가가 바로 이 책에서 다루고자 하는 핵심적인 내용이다.

이 책을 쓰는 데 중요한 모티브를 제공했던 무인태양광자동차경주대회는 끝난 후 예상보다 훨씬 큰 성공을 거둔 대회였다는 과분한 찬사를 들었다. 나 스스로도 이 대회가 미래자동차 기술 개발에 새로운 패러다임을 정립하는 계기가 되고, 더 나아가 한국의 미래를 책임질 패기 있는 공학도를 배출하는 등용문의 역할을 톡톡히 했다고 자부한다. 그러나 따지고 보면 이 모든 결과는 '우공이산愚公移山'

처럼 의지를 가지고 우직하게 노력하고 부닥치다 보니 거두게 된 수확일 뿐이었다. 수많은 난관이 있었지만 "인생의 가장 큰 스승은 경험이다"라는 말처럼 하나의 난관을 극복하고 나면 그것이 경험이 되어 조금은 수월하게 다른 난관들을 극복할 수 있었다.

고비 때마다 나를 지탱해준 것은 역시 '용기' '노력' '열정' '도전'이라는 단어들이었으며, 한 고비를 넘을 때마다 그 중요성을 새삼 확인할 수 있었다. 그래서 나는 더 자신 있게 후배 여러분에게 이런 이야기들을 풀어놓을 수 있다. 하면 된다! '내가 직접 해봤다'는 사람 앞에서 누가 토를 달 수 있을 것인가!

관악산 자락 연구실에서

서승우

나에게는 작은 바람이 하나 있다. 교수로서 마지막 순간까지 봉직한 후 영예롭게 퇴임식을 맞을 수 있다면, 또 퇴임의 변을 할 수 있는 기회가 주어진다면 다음과 같이 말하고 싶다.
"마음껏 좌충우돌하고 열정적으로 살다 후회 없이 떠납니다."
나는 이런 열정의 이미지로 영원히 기억되기를 바란다.

차례　•프롤로그

Part 1
한 편의 경영 드라마를 만들다

큰 성공, 작은 성공
나는 성적표를 보지 않는다 · 22　성공의 방정식 · 25
산악자전거와 작은 성공 · 29　나의 한계는 내가 정한다 · 32

Justification 명분
이 일, 왜 합니까?
전쟁의 명분 – 사마천의 『사기』 · 43　명분과 핑계 · 46
세계 최초의 무인태양광자동차경주대회를 개최해야 하는 이유 · 49

Plan of goals 계획
공감할 수 있는 실행 목표를 설정하라
전쟁도 목표가 뚜렷해야 이긴다 · 59　유학은 목표가 아닌 하나의 과정 · 61
무인태양광자동차경주대회의 목표 · 64

Distinction 차별성
나만의 경쟁력과 차별성을 확보하라
세상을 변화시킨 사람들의 비결 · 83　야구선수 류현진 · 87
역도선수 장미란 · 89　내 친구 록 기타리스트 김도균 · 91
친화력도 경쟁력이다 · 94　자신과의 싸움에서 패하는 이유 · 96
무인태양광자동차경주대회의 차별성 · 98

Role 역할
의미 있는 역할과 동기를 부여하라
애걸하지 말고 먼저 손을 내밀게 만들어라 – 유비와 제갈량의 지혜 · 105
미묘한 갈등 · 112　동기부여의 중요성 – 맥그리거의 Y이론 · 117

Accuracy 정확성
"잘 부탁합니다"의 함정을 조심하라
A부터 Z까지 챙겨라 · 125   흔한 착각 · 131   긍정적 예측을 경계하라 · 133
'잘 부탁합니다'의 함정 · 135   뼈아픈 실패 · 140

Making a team with professionals 전문가의 도움
도움을 받아야 할 때는 프로를 찾아가라
프로들의 윈윈 전략 · 146
무인태양광자동차경주대회에서 빛난 프로들 · 149
장인과 테크니션의 차이 · 155   나는 프로학생을 원한다 · 158
프로들의 스승, 피터 드러커 · 164   합격을 보장하는 면접 요령 · 168

Advertisement 알림
나를 알리는데 겸손해하지 마라
위인들의 자기 홍보 · 174   나를 마케팅하는 법 · 178
용기 있는 자만이 기회를 잡는다 · 181   기회의 생명력은 시한부 · 186
무인태양광자동차경주대회라는 기회의 의미 · 189

Part 2
용기로 도전하고 열정으로 노력하라

스스로 리더라고 생각하라 · 198   적응력을 키워라 · 205
두드리라, 열리리라, 구하라 얻으리라 · 214
내가 선택한 것이 나의 운명이라고 생각하라 · 219
로또를 사야 당첨된다 · 224   울타리 밖으로 나가라 · 227
눈앞의 이익을 포기할 줄 알아야 더 큰 호박이 굴러들어온다 · 233
나만의 이력서를 만들어라 · 237
공을 들여 달여야 상상력의 진국을 얻을 수 있다 · 241
산 전체를 보고 길을 찾아라 · 247

· 에필로그
· 추천의 글

Part 1

한 편의
경영 드라마를 만들다

표현하기 다소 쑥스럽지만 나는 젊은 학생들을 사랑한다. 우리 연구실뿐 아니라 우리 학교의 학생들, 더 나아가 모든 젊은이들을 사랑한다. 그들이 가진 꿈과 가능성을 진심으로 사랑한다. 하얀 백지 같은 그들의 미래에 어떤 그림이 그려질지는 아무도 모른다. 그림을 그리라고 붓을 쥐어주면 허둥대다 생각했던 것과는 딴판인 그림을 그려놓는 순수함이 사랑스럽다. 아무리 봐도 강아지인데 고양이라고 우기는 그 패기도 사랑스럽다. 평소에 그림 한 장 제대로 그려보지도 않았으면서 피카소나 모네보다 더 멋진 그림을 그려 보이겠노라고 덤비는 그 무모한 용기도 사랑스럽다. 그림을 망쳐놓고 새 종이 한 장 더 달라고 조르는, 좌절을 모르는 의지도 사랑스럽다. 그 와중에 붓을 내팽개치며 내가 왜 그림을 그려야 하느냐고 대드는 그 미숙함마저도 사랑스럽다. 모두가 나에게는 제자로 삼고 싶은 학생들이다. 집에 불러다 밥 한 끼 해먹이고 싶은, 그런 제자들 말이다.

그런데 요즘 젊은 학생들의 삶은 너무 바쁘다 못해 숨이 막힐 지경이다. 유치원부터 줄을 서서 들어간다. 열심히 공부해서 대학만 들어가면 고생 끝 행복 시작이라는 부모들의 감언이설에 세뇌되어 치열한 입시 관문을 통과하기 위해 죽을힘을 다한다. 그렇게 겨우 대학에 들어와 보니 이번에는 학과 공부가 산더미다. 어디 학점뿐이랴? 외국어, 연애, 취업. 어느 것 하나 보장된 것이 없다. 예전에는 학부만 졸업하면 취업에 별문제가 없었는데 요즘은 석사가 필수 코스가 되어가고 있다. 더 확실한 보장을 원한다면 더 상위의 학위 과정을 밟거나 복수 학위까지 따야 하는 시대가 되었다. 평생 공부만 하다가 인생 끝나는 거 아니냐는 푸념들이 여기저기서 들려온다.

안개에 휩싸인 갈림길 같던 인생의 불확실성이 어느 정도 제거되고 세상을 관조할 나이가 되고 보니, 젊은 시절의 그 고난의 터널을 몇 년 먼저 빠져나온 것이 다행스럽게 느껴질 정도다. 그래도 선배들에게 젊은 후배들은 부러움의 대상이다. 그들이 가진 희망과 무한한 가능성 때문이다. 돈으로 살 수만 있다면 억만금을 주어도 아깝지 않을 것이 바로 젊은 시절의 희망과 가능성이다.

전쟁 중 적군에 포위되어 길을 잃고 자포자기했던 군인들이 우연히 발견한 지도 한 장에 환호성을 올리며 구사일생으로 살아 돌아왔다는 일화가 있다. 그런데 나중에 알고 보니 그 지도는 그 지역과 전혀 상관없는 지도였다. 희망이 삶에 얼마만큼 큰 동력을 불어넣는지 잘 보여주는 이야기다. 희망이 있다면 인생은 살 만해진다. 아침에 일어나면 오늘은 어떤 일들이 나를 기다리고 있을까, 설레는 마음으로 집을 나설 수 있다. 숨통을 조여드는 살벌한 경쟁도 살면서 누구나 거치는 하나의 관문일 뿐이고, 그 너머에 달콤한 열매가 기다리고 있다고 생각하면 사는 일이 그리 암울하지만은 않다.

눈앞에 닥친 일과 숙제에 허덕이면서 하루하루를 정신없이 보내고 있는 사람들에게 희망이니 가능성이니 하는 얘기들이 마치 성경 말씀처럼 들릴 수도 있다. 저 문 밖에서 이 안으로 들어오기 위해 피나는 경쟁을 벌이고 있을 젊은이들에게는 가슴에 와 닿지 않을 수도 있다. 그러나 분명한 사실은 꿈과 희망이야말로 인류를 지탱해온 대들보라는 사실이다. 인류 역사의 수많은 명장면들은 꿈과 희망을 가진 사람들이 자신이 원하는 것을 이루어나가려고 노력하는 과정에서 탄생했다. 꿈과 희망의 메시지를 전달하는 수많은 인생 조언서들이 쏟아져 나오고 있는 것도 이런 연유에서다. 하지만 읽을 때는 고개가 끄덕여지다가도 책장을 덮고 나면 그 옳으신 말씀들이 하나도 머리에 남아 있는 게 없다. 왜 그럴까? 현실과의 연결고리가 약하거나 공감이 안 되는 이야기들이라서 그런 건 아닐까?

나는 이 장에서 젊은이들이 인생에서 직면하는 숱한 문제를 해결하는 데 실제로 도움이 될 만한 실행 방안에 대해 이야기하고자 한다. 그중에는 교수생활을 하며 학생들과 상담할 때 직접 해준 말들도 있고, 영재교육원과 과학관, 과학전시관 등에서 전공 분야와 미래 진로에 대한 강연을 하며 들려주었던 교훈담들도 있다. 그리고 내 손으로 치러낸 세계 최초의 무인태양광자동차경주대회의 경험담을 통해 내가 실제로 체험했던 일처리 과정과 문제 해결 방법을 들려주려고 한다. 비단 내 전공 분야뿐만 아니라 일반론적인 관점에서 충분히 다른 실무에 활용할 만한 이야기라고 생각한다.

이 책에서 소개할 성공을 위한 실행 방안의 단계별 키워드는 다음과 같이 요약할 수 있다.

Justification	명분
Plan of goals	계획
Distinction	차별성
Role	역할
Accuracy	정확성
Making a team with professionals	전문가 도움
Advertisement	알림

이 키워드들의 머리글자를 뽑아 정리해보면 '제이피-드라마JP-DRAMA'라는 조합이 나온다. JP는 계획 수립의 과정이고 DRAMA는 이행의 과정이다. 사람들이 보통 성공을 한 편의 드라마에 비유하곤 하는 것을 생각하면 우연치고는 참 절묘한 우연이다.

스스로 좋다고 생각하는 것을 행동하라.
다른 사람들의 평가에 좌우될 필요는 없다.

독립적으로 생각하지 못하면

타인의 영향 아래 놓이게 된다.
타인의 생각 속에서 늘 살아야 한다면
이것은 육체가 부자유한 것보다
훨씬 더 나쁜 노예 상태이다.

우리의 내적 양심은
바깥세상의 판단보다
더 큰 의미를 가진다.
우리는 그 양심과 함께
영원히 살 것이기 때문이다.

—중심; 레프 톨스토이,『살아갈 날들을 위한 공부』중에서

큰 성공, 작은 성공

"어떻게 하면 실전에서 위력을 발휘할 수 있는 용기와
도전 정신을 기를 수 있을까?"

**"작은 성공을 통해 큰 성공을 일구어나가는
나만의 내적 프로그램을 설계하라"**

나는 성적표를 보지 않는다

기업에서 경력사원을 뽑는 이유는 입사 후 업무를 수행하면서 발생할 수 있는 시행착오를 최소화할 수 있기 때문이다. 실제 업무 현장에서의 시행착오는 돈과 직결된다. 그러나 불행하게도 인간에게 시행착오란 불가피한 것이다. 그러니 이러한 시행착오로 인한 정신적·육체적 좌절을 얼마나 빨리 복구하느냐가 관건이다. 복구 능력은 개인차가 있고 상황이 변수로 작용하므로 어느 하나의 정답을 제시하기란 불가능하다. 그럼에도 불구하고 분명한 사실은 도전 정신과 의지력이 강한 사람은 복구 능력도 강하다는 것이다.

누구나 성공을 갈망하고 성공한 사람들을 부러워한다. 성공에 대한 정의는 사람마다 다르겠지만 어떤 통계조사에 따르면, 성공했다고 느끼는 순간의 1위는 인생에 대해 만족도가 높을 때, 2위는 원하

 아침 설렘으로 집을 나서라

는 대로 인생을 살 수 있다고 생각할 때, 3위는 가정생활이 행복하고 대인관계가 원만할 때로 나왔다. 돈을 성공의 중요한 요인으로 꼽은 사람은 20퍼센트 정도였다. 이 항목들의 공통점을 하나로 추려보면 사람들은 대체적으로 자아실현이 이루어졌을 때 성공했다고 느낀다.

그렇다면 성공을 거두는 사람들은 처음부터 성공의 유전인자를 가지고 태어나는 것일까? 지능지수IQ가 높으면 성공할 확률이 높아질까? 아니면 평범한 사람들이 천운과 노력의 적절한 배합으로 성공을 경험하게 되는 것일까? 명쾌한 해답은 없어도 많은 사람이 공감하는 한 가지 사실은 성공을 이루어내는 인간의 지능이 IQ와는 별개라는 것이다. 예일 대학교 심리학과의 로버트 스턴버그 교수는 저서 『성공적인 지능』에서 "지능은 테스트를 통해 측정할 수 있는 것이 아니다. 지능은 변하고 개선될 수 있다. 인간의 지능은 자신의 재능을 발전시키려는 의지에 달려 있다"고 주장한다. 나 또한 그의 의견에 전적으로 동감한다.

서울대학교에서 근무한 지난 18년 동안 학부 및 대학원생 수백 명을 지도하고 관찰한 결과, 고등학교 때 천재나 수재 소리를 들으며 당당히 서울대학교에 입학한 학생들이 모두 인생에서 성공한 것은 아니었다. 시험은 잘 보지만 모험심, 끈기, 반항심, 열정 등 사회적 성공의 가늠 척도가 되는 개인적 자질이 다소 미흡하거나 대인

관계와 전체에 대한 배려 등 사회적 능력이 부족한 경우가 많다. 아이디어를 집약하여 새로운 개념의 미래형 자동차를 만드는 내 연구 분야에서는 학생들 간의 팀워크가 매우 중요하다. 그런데 서울대 학생들은 대개 이 팀워크에 취약하다. 전체의 목표를 위해 자신의 이익을 희생해야 하는 부분을 잘 받아들이지 못하는 것이다. 오히려 타 학교에서 학부를 마치고 서울대 대학원에 진학한 학생들의 참여의식과 노력이 돋보이는 경우가 많다. 사실 나조차도 서울대 학부 출신의 성적이 우수한 학생들이 대학원에 진학해서도 연구를 더 잘할 것이라는 착각을 하고 있었다. 아이디어를 잘 내는 학생들의 IQ는 좀 더 특별하다고 생각했다.

그런데 직접 학생들과 생활하다 보니 좋은 연구 결과는 지적 능력에 노력이 필수적으로 더해져야 하며, 지적 능력이 좀 떨어지는 경우라도 노력으로 얼마든지 만회할 수 있다는 사실을 깨닫게 되었다. 그 이후로 나는 내 연구실에 지원하는 대학원 신입생을 뽑을 때 성적표를 보지 않는다.

성공의 방정식

사회에서의 성공은 타고난 유전인자에 의해 좌우되는 것이 아니라 성공을 위한 인자들을 발굴하고 갈고 닦는 노력에 의해 결정된다. 이런 면에서 세상은 공평하다. 누구나 자신의 의지와 노력에 의해 성공할 수 있는 기회가 열려 있기 때문이다. 그렇다면 무슨 노력을 어떻게 하면 성공할 수 있을까? 묵묵히 주어진 일을 열심히 하다 보니 어느 날 성공했더라, 하는 식의 이야기는 성공 사례에서 흔히 볼 수 있다. 그러나 이것은 알맹이가 빠진 들으나 마나 한 이야기에 불과하다.

성공한 사람들은 물 위에 떠 있는 백조와 같다. 더없이 우아한 자태로 수면 위를 미끄러지듯 움직이는 것처럼 보이지만 물 밑에선 보이지 않는 두 발이 쉴 새 없이 물살을 가르며 버르적대고 있는 것이다. 그렇다고 무작정 발을 놀리는 것이 아니다. 물의 흐름과 목적지, 사냥감, 비상과 착지 등 온갖 상황에 맞춰서 발을 움직인다. 성공을 위한 노력도 이처럼 체계적이어야 한다. 그렇다면 인생의 목표를 성공으로 정한 사람들이 어떻게 그 목표를 향해 차근차근 다가갈 수 있을까?

성공에도 싹수가 있다. 고기도 먹어본 사람이 더 잘 먹고, 성공도 해본 사람이 더 큰 성공을 할 확률이 높다. 맞는 말이다. 큰 성공은 자잘한 성공으로 성취감을 맛본 사람들이 거머쥘 확률이 훨씬 높다. 요즘 세상에 단박에 이슈가 될 만한 큰 성공을 거두기란 매우 어렵지만 작은 성공은 평상시에도 얼마든지 경험해볼 수 있다. 여기서 성공이란 시작과 끝이 있고 도전과 노력이 필요한 중간 과정이 있는 일에 해당되는 말이다. 복권을 샀다가 운 좋게 1등에 당첨되거나 어느 날 백화점에 들렀다가 평소에 사고 싶었던 물건을 초특가 할인 판매로 우연히 건진 것을 성공이라고 하지는 않는다.

성공을 목표로 하는 사람이라면 누구나 미리 해야 할 일이 있다. 바로 준비하는 것이다. 선수가 큰 경기를 앞두고 피나는 훈련을 하는 것처럼 우리도 평소에 준비해야 한다. 이미 성공한 사람들에게 성공을 하기 위해 무엇을 준비하면 좋겠느냐고 물으면 그냥 열심히 하라고만 할 뿐, 구체적으로 무슨 노력을 어떻게 하면 되는지는 알려주지 않는다. 나는 그에 대한 답으로 작은 성공을 경험해보길 제안한다. 학교에서 배우는 지식은 인생에서 필요한 지식의 지극히 일부이다. 오히려 성공하는 방법에 대한 교육은 일상생활의 경험과 일을 통해 얻을 수밖에 없기 때문이다.

『열정능력자』를 쓴 진 랜드럼 박사는 세상을 성공적으로 변화시킨 40인의 열정능력자들을 탐구한 후 다음과 같은 결론을 내리고 있다.

"나는 위대한 사람들에게는 탁월한 성공 프로그램이 설계되어 있다고 확신한다. (……) 내성적인 사람을 외향적인 성격으로 바꾸려면 그들의 내면에 존재하는 프로그램을 변경시켜야 한다. 어린 시절의 환경과 정신적 충격, 부모의 영향이 우리의 인격을 형성하는 것처럼 내부 프로그램을 변경할 때도 인격이 형성되는 것과 같은 방식으로 바꿔야 한다. 성공으로 이끌어주는 최적의 장점들도 다시 프로그램을 짜야 한다. (……) 성공할 수 있는 사람이 실패할 수 있고 실패할 사람이 성공할 수 있는 이유는 두 존재가 세상을 인식하는 방법의 차이에 있다. 한쪽은 성공을 각인한 대로, 다른 쪽은 실패를 각인한 대로 그 결과가 나타나는 것이다."

여기서 우리는 중요한 한 가지 공식을 유추해낼 수 있다. 즉, 인생의 성공 방정식은 '작은 성공의 각인을 통해 큰 성공을 성취하는 내면 프로그램의 재설계'라는 것이다. 작은 성공을 통해 성취감을 느끼고 나면 할 수 있다는 신념과 스스로의 능력에 대한 믿음이 생긴다. 일을 처리하는 단계와 과정에 필요한 직관을 쌓고 자신의 능력을 십분 활용하는 법을 훈련하게 된다. 결국 자잘한 성공들을 통해 스스로를 능력 있는 사람으로 만들어가는 것이다. 나에게도 이런 작은 성공의 경험이 있다.

산악자전거MTB와 작은 성공

성공을 가로막는 가장 큰 장애물은 바로 자기 자신이다. 스스로를 통제하지 못할 경우 현실에의 안주, 탐욕, 이기심 등과 같은 2차 장애물을 불러온다. 대부분의 사람은 자기 자신에 대해 잘 알고 있다고 생각하지만 의외로 자신의 숨은 능력이나 한계에 대해서는 모르는 경우가 많다.

자신이 얼마만한 인간인지 가늠해보는 데에는 내 경험상 산악자전거만 한 것이 없다. 매번 산악자전거를 타러 나갈 때마다 목표를 세우고, 그 목표가 내가 해낼 수 있는 목표인지, 얼마나 많은 에너지를 사용해야 하는지, 위기가 닥쳤을 때 얼마만한 의지와 정신 자세로 극복해내는지를 끊임없이 확인하면서 내 자신의 의지력과 인내력을 단련시켜 나간다. 그리고 목표 달성에 실패했다면 컨디션 조절에 문제가 있었는지 점검한다. 만약 목표가 무리한 것이었다면 차기 재도전에서 어떤 전략과 전술로 접근할 것인지를 생각한다.

산악자전거를 타고 산 정상에 도달하는 작은 성공은 인생에서의 큰 성공의 축소판이다. 산악자전거를 타고 산에 오르려면 명분과 목표 설정, 중간 단계들에 대한 확실한 점검, 부상당하지 않기 위한 주의, 여럿이 같이 가는 경우 팀워크까지 모두 필요하다. 또 거기에 포기를 모르는 의지와 완주 전략이라는 나만의 경쟁력이 더해져야 한다. 정상까지의 길이 단순한 오르막이라면 그저 올라가기만 하면 된다. 그러나 그 길에 턱이나 토사 유출 방지용 가로막, 나무봉, 자갈, 돌조각 등이 있을 경우에는 체감 경사도가 두 배 가까이 치솟는다. 이런 상황이라면 주위 환경을 잘 판단해서 힘과 속도와 경로 등을 조절해야 한다. 체력 조절은 기본이다. 전날 음주나 과로로 컨디션 조절에 실패하면 어김없이 정상 도착 전에 무너지거나 힘이 모자라 큰 고생을 하게 된다.

다시 말해 산악자전거라는 작은 운동 하나에도 성공을 위해 고려해야 할 많은 요소가 내재해 있는 것이다. 그러니 산악자전거를 타고 산 정상을 정복한 그 순간을 내 인생에서 작은 목표 하나를 달성한 성공에 비유하는 것은 결코 과장이 아니다.

산악자전거를 타면서 제일 많이 받는 질문 중 하나가 왜 힘들게 오르막을 올라가느냐는 것이다. 사람의 걸음보다 빠르고 값싼 교통

수단이라는 자전거의 탄생 배경을 감안하면 산악자전거란 좀처럼 이해하기 어려운 운동이다. 그러나 산악자전거를 타는 사람들은 오르막만 보면 아드레날린이 솟구친다. 오르막이 가파르면 가파를수록 도전의 열망도 커진다. 산악자전거를 타는 사람들의 명분은 대부분 건강과 성취감일 것이다. 나도 처음에는 건강이 이유였지만 지금은 성공에 대한 성취감이 더 중요한 부분을 차지한다.

가파른 오르막을 올라가는 도중에는 산악자전거를 멈출 수가 없다. 좁고 미끄러운 오르막에서 자전거를 다시 출발하는 것이 상당히 어렵기 때문이다. 결국 자전거에서 내려 다음 평지까지 끌고 가야 한다. 그러니 쉬고 싶은 생각이 굴뚝같은데 쉴 수가 없다. 인내력의 한계를 걸고 처절한 싸움을 해야 하는 것이다. 초보자에게는 대단히 어려운 일이나 폐가 열리는 정도의 경지에 도달하면 어떤 난코스에서도 자기 자신과의 싸움에서 이길 수 있게 된다. 즉, 작은 성공을 거두게 되는 것이다.

나의 한계는 내가 정한다

내가 산악자전거를 타게 된 것은 우연이었다. 몇 년 전 헬스장에서 어깨를 다치는 바람에 무리한 상체운동을 더 이상 할 수 없게 되었다. 그러던 2010년 어느 여름날, 집구석에 처박혀 있는 자전거가 우연히 눈에 들어왔다. 나는 평소 자전거 얘기를 자주 했던 같은 과 박 교수에게 전화를 걸었다. 마침 박 교수도 자전거를 타러 나가려던 참이라며 같이 가자고 했다. 그 당시 내 자전거는 신문 정기구독을 하면 공짜로 주는 싸구려 자전거였다.

그날 나는 그 자전거를 타고 박 교수를 따라 난생처음 한강 자전거 길로 여의도에서 행주산성까지 왕복 30킬로미터를 넘게 달렸다. 특별한 준비 없이도 긴 거리를 달린 스스로를 대견해하고 있는데 박 교수가 그 고물 자전거로는 평지는 가능해도 오르막길은 절대

아침 설렘으로 집을 나서라

작은 성공은 큰 성공의 밑거름이 된다. 서울대 순환도로는 대략 5.5킬로미터 길이에 오르막이 2킬로미터 정도 계속되는데 경사도가 심한 곳은 10퍼센트가 넘는다. 그날 나는 그 싸구려 고물 자전거로 순환도로를 두 바퀴나 거뜬히 돌았다. 나의 첫 성공이었다.

이후 나는 산악자전거로 여러 난이도의 코스를 완주하면서 수없이 많은 포기의 유혹들을 넘겼다. 정상을 정복하는 순간 짜릿한 성공의 쾌감이 온몸으로 퍼졌고, 바로 직전까지 죽일 것처럼 나를 쥐어짜던 고통은 어느새 씻은 듯 사라졌다. 그것은 완벽한 황홀경이었다.

안 될 거라며 약을 올리는 게 아닌가. 말리는 일일수록 더 하고 싶은 게 인간의 본성이다.

그다음 주말에 나는 같은 자전거를 타고 서울대 순환도로에 도전했다. 고물 자전거로 오르막길을 달리는 것이 정말 불가능한 일인지 한번 시험해보고 싶은 생각이 들었던 것이다. 서울대 순환도로는 대략 5.5킬로미터 길이에 오르막이 2킬로미터 정도 계속되는데 경사도가 심한 곳은 10퍼센트가 넘는다. 그날 나는 그 싸구려 고물 자전거로 순환도로를 두 바퀴나 거뜬히 돌았다. 나의 첫 성공이었다. 숨이 넘어갈 것처럼 힘들긴 했지만 기분은 최고였다. 내가 한 번도 꿈꿔보지 않은 일이었고, 시작하기 전에는 남들이 못할 거라고 하고 나도 못할 거라고 생각했던 일이었다. 더 정확하게 얘기하자면 직접 도전해본 적이 없었으니 할 수 있다, 없다 판단조차 할 수 없는 일이었다. 그런데 막상 해내고 나자 그 감격은 이루 말할 수가 없었다.

나는 초등학교 때부터 자전거를 탔으면서 내가 그만한 능력과 체력을 가지고 있다는 사실을 알지 못했다. 몇 년이 지난 지금 돌이켜보면 그 순간이 내 인생 45년 만에 나도 알지 못했던 나의 잠재력을 발견한 인생의 전환기였다고 생각한다. 그날 나는 삶의 중요한 사실 한 가지를 깨달았다. 자신의 잠재력의 한계를 정할 수 있는 사람은 바로 자기 자신뿐이라는 것이다.

다음 날 박 교수의 권유로 산악자전거 전문 매장을 찾아 즉석에서 자전거 한 대를 구입하면서 내 인생은 완전히 달라졌다. 매주 수많은 작은 성공을 맛보며 자신감과 열정은 배가되었고 덤으로 건강까지 얻었다. 하나의 산을 정복하고 나면 조금 더 난이도가 있는 산을 찾게 되었고, 그 과정에서 의지력과 체력은 조금씩 더 커져갔다. 땀을 뻘뻘 흘리며 당장 자전거를 내팽개치고 싶은 욕구가 생겨도 그 순간을 넘기면 이상하리만치 또 다른 힘이 솟았다. 코스 하나를 완주하는 데 수없이 많은 포기의 유혹들을 넘겨야 했다. 그렇게 정상을 정복하는 순간에 온몸으로 퍼지는 짜릿한 성공의 쾌감. 바로 직전까지 죽일 것처럼 나를 쥐어짜던 고통은 어느새 씻은 듯 사라졌다. 그것은 완벽한 황홀경이었다. 지금까지 여러 가지 운동을 해왔지만 타인과의 경쟁에서 이기는 승리감보다 자신의 한계와의 싸움에서 이겼다는 성취감은 그 무엇에도 견줄 수가 없었다.

작은 성공이 큰 성공의 밑거름이 된다는 사실에 대해서는 이미 신경생리학이나 임상심리학에서 그 기저 이론을 밝혀놓았다. 그 이론 중 하나가 도파민의 작용이다. 도파민은 우리 몸속 신경전달물질 중 하나로 뇌신경세포의 흥분 전달 역할을 하며 사람의 감정 중 행복감이나 만족감 같은 쾌감에 관여한다. 옥시토신, 엔도르핀 등과 함께 행복을 유발하는 물질로 알려져 있는 도파민은 우리에게 욕망과 에너지를 불어넣는다. 그리고 그 밖에도 창조력, 호르몬 조절, 운동 능력 조절에도 관여하는 중요한 물질이다. 경주에서 1등을 하거나 산 정상을 정복하는 것처럼 기대했던 목표를 달성했을 때 기분이 좋아지면서 벅찬 감동이 느껴지는 것은 바로 도파민이 분비되기 때문이다. 흥미로운 사실은 이 도파민이 중독성을 가지고 있다는 것이다. 우리가 어떤 일을 경험하고 기분이 좋으면 자꾸 그 일을 하고 싶어지는 이유가 바로 이 도파민의 중독성 때문이다. 인간의 뇌는 도파민을 감지하면 즐거움을 느끼는 중추가 작동하게 된다. 한 번 쾌감을 느낀 뇌는 그 쾌감을 더 맛보고 싶어 한다. 마약이나 담배, 술과 도박처럼 성공 역시 한 번 작은 성공을 맛보면 더 큰 자극의 성공을 원하게 된다. 이 '강화 학습'을 잘만 활용하면 엄청난 시너지 효과를 가져올 수 있다. 강화 학습에 의해 도파민은 미래를 예측하고 현재를 준비할 수 있도록 해주며, 실행에 대한 충동을 불러일으킨다. 그리고 기대감을 갖게 하여 목표에 몰입하도록 만든다. 뇌는 한 번 도파민을 경험하고 나면 목표를 성취할 수 있다는 자신감과 스스로에 대한 믿음을 갖게 된다. 도파민은 목표에 도달해서 얻는 보상인 동시에 목표에 도달하려는 노력을 유발시키는 촉매제인 것이다.

경제학자이자 베스트셀러 작가인 토드 부크홀츠는 『러쉬』에서 행복은 휴식과 여유가 아니라 경쟁을 통해 찾아가는 것이라고 했다. 부크홀츠는 사람들이 기꺼이 경쟁에 뛰어들거나 부자들이 더 열심히 일하는 이유는 남에게 보여주기 위해서가 아니라 자신의 존재 가치를 확인하고자 하는 근본적인 본능 때문이라고 주장한다.

그 본능은 작은 성공을 통해 드러나기 시작하며 갈수록 크고 강해진다. 결국 작은 성공은 큰 성공을 일궈내기 위해 스스로의 생각과 행동을 훈련하고 동기를 부여하는 연습 과정인 셈이다. 나만의 작은 성공들을 하나씩 찾아내어 경험할 마음의 준비가 되었다면 이제 JP-DRAMA의 여정을 시작해보자.

삶의 작은 부분을 바꾸면
우리의 인생이 완전히 달라질 것이라는 생각은
어린아이나 하는 것이다.
그것은 카펫에 앉아 끄트머리를 잡아당기면
하늘 높이 날아오를 수 있다는 생각과 같다.

무언가를 제대로 하려면 그 방법을 알아야 한다.
어떤 일이든 마찬가지다.

우리가 원하는 삶을 살려면
어떻게 해야 하는지 알아야 한다.

우리는 모두 희망하는 일을 이루고 싶어 한다.
하지만 그러면서도 우리 안에 있는
영혼이 인도하는 길은 걷지 않으려고 한다.

— 길; 레프 톨스토이, 『살아갈 날들을 위한 공부』 중에서

한국은 세계 5위권 안에 드는 자동차 생산국인데도 권위 있는 세계적 대회를 개최하기는커녕 국제 대회에 참가조차 하지 않고 있는 실정이었다. 기술 발전에 있어서 경진대회가 갖는 중요성은 2006년 미국 DARPA가 주최한 대회들이 무인자동차 기술에 대한 수요와 관심을 국방산업 분야에서 민간 분야로 옮기는 기폭제 역할을 한 것만 봐도 잘 알 수 있다. 자동차 기술 선진국으로서의 한국의 위상을 제고하기 위해서라도 이 대회는 꼭 필요한 것이었다.

이 일, 왜 합니까?

"일하는 데 보다 강력한 추진력을 부여하기 위한
방법은 무엇인가?"

"미래를 위한 분명한 명분을 만들어라"

2011년 무인태양광자동차경주대회라는 새로운 개념의 대회를 창설하면서 가장 많이 받은 질문 중의 하나가 이 일을 왜 시작했느냐는 것이었다. 심지어 1년 반이라는 오랜 시간을 함께 고군분투했던 대회조직위원회의 위원들마저도 대회를 성공적으로 끝마치고 난 다음까지 같은 것을 궁금해했다. 큰 대회 하나를 맡아 치르는 일은 시간과 에너지, 금전적인 측면에서 커다란 희생을 의미한다. 교수들은 대학에서 기본적으로 요구하는 강의와 연구, 학생지도, 학교 행정만으로도 바쁘기 때문에 굳이 외부 대회 같은 힘든 일을 자청하지 않아도 뭐랄 사람이 없다. 오히려 외부 활동에 정신이 팔려 본업을 소홀히 한다는 지탄을 받기가 쉽다.

이 대회를 왜 시작했느냐는 물음에 나 스스로가 만족할 만한 답을 찾아내지 못했더라면 아마도 이 대회를 그리 끈기 있게 밀어붙이지는 못했을 것이다. 어영부영 시작할 수는 있었더라도 성공적으로 끝내기는 어려웠을 것이다. '왜?'에 대한 대답은 바로 내가 하려는 일의 존재 가치를 의미한다. 그것은 때로 불가능한 일도 가능하게 만드는 무한한 추진력과 동력을 제공하는 에너지의 원천 같은 것이다.

개인이든 조직이든 하나의 일을 추진하는 데에는 내세우는 비전이나 사명이 있다. 조직의 비전이 전체 구성원들 사이에 얼마나 잘 공유되는가에 따라 그 조직이 번창할 수도 있고 쇠퇴할 수도 있다.

따라서 비전은 구성원들이 가슴으로 공감하며 듣기만 해도 가슴이 뭉클한 것이어야 한다. 또한 누구 하나 의문을 제기할 여지가 없는 것이어야 한다. 그래야 구성원들이 비전을 만들고 유지하고 수정해 나가는 주체 역할을 할 수 있다.

이렇게 가슴 뭉클한 비전을 설정하기 위해서는 명분이 뚜렷해야 한다. 명분은 비전을 받치는 기둥이다. 비전이 꿈과 이상을 명시한 것이라면 명분은 그 꿈과 이상을 좇아야 하는 당위성과 정당성을 제공한다. 비전 설정을 위한 논리적 명분이 확립되고 나면 구성원들은 자연스럽게 세부 실행 계획에 착수하게 된다. 그러나 논리적 명분을 세우는 데 실패하면 구성원들은 그 일을 왜 해야 하는지 이유를 찾지 못하고 '그렇게 그 일이 좋으면 당신이나 하던가' 혹은 '나는 월급 받은 만큼만 일하면 돼'와 같은 반응을 보이며 참여도에 금이 가는 현상이 나타난다.

명분은 구성원들에게 강력한 동기부여 작용을 한다. 현대 경영학의 대부로 칭송받는 피터 드러커는 그의 사후에 수제자인 윌리엄 코헨이 저술한 『피터 드러커 리더스 윈도우』에서 "조직에서 구성원들에게 동기를 부여하는 최고의 방법은 돈을 받고 일하는 구성원들을 자원봉사자처럼 대하는 것"이라고 말했다. 스스로의 동기부여가 참여와 생산성을 높이는 데 가장 효과적이며 그렇지 못할 경우 구성원들이 잠재능력을 발휘할 수 없다는 뜻이다. 드러커는 다른 저서에서 조직의 구성원들을 설득의 대상인 파트너로 표현하며 그들의 이해와 공감이 얼마나 중요한지를 강조했다.

구성원들로 하여금 자원봉사자의 수준으로 조직에 참여하도록 독려하기 위해서는 공동의 목표를 추구해야 하는 명분과 그에 따른 비전이 반드시 필요하다. 동기의식이 결여된 구성원들을 이끌고 일을 추진하기란 대단히 어렵고 효율성도 떨어진다.

명분은 그 자체의 논리성과 진실성을 떠나 서로 다른 구성원들로 하여금 하나의 목표를 바라보게 만드는 강력한 위력을 가진다. 때에 따라서 명분으로 그럴싸하게 포장한 거짓이 진실로 둔갑하기도 한다. 명분을 어떻게 세우느냐에 따라 하찮은 일이 나라의 대의를 위한 큰일이 될 수도 있고, 반대로 중요한 일이 개인의 사리사욕을 취하기 위한 일로 오해받을 수도 있다. 고대에도 전쟁과 같이 한 나라의 명운이 걸려 있는 대사를 치르기에 앞서 그 명분이 타당한지를 놓고 군주와 신하들이 논쟁을 벌이는 것은 흔한 일이었다.

전쟁의 명분 – 사마천의 『사기』

고대 중국은 주나라의 힘이 쇠퇴한 후 수백 개의 제후국이 난립하는 춘추전국시대에 접어들었다. 이 중 다른 제후들을 누르고 위풍당당한 웃전 노릇을 한 제, 진, 초, 오, 월, 다섯 나라의 왕들을 춘추오패라고 부른다. 그 가운데 진나라 왕 문공은 19년간 국외를 떠돌며 온갖 고초와 목숨의 위협을 겪은 뒤 왕위에 올랐다. 군대를 조직해 국력을 강화하는 데 주력한 문공은 충신들의 보필을 받으며 법도를 제정하고 민심을 안정시켜 위아래로 고루 신망이 두터운 왕이었다.

문공 4년, 초나라와 몇몇 제후국이 과거 그가 떠돌이 생활을 할 적에 도움을 주었던 송나라를 포위해 공격하자 송나라의 양공이 문공에게 도움을 요청했다. 이에 문공은 초나라와 우호관계인 조, 위나라를 대신 공격해 초나라가 그들을 구조하러 오도록 만들고 그 틈에 송나라를 구해냈다. 그뿐만 아니라 조나라의 왕을 체포하고 두 나라의 토지를 모두 송나라에게 주었다. 이 소식을 들은 초나라의 왕은 대장 자옥에게 진나라의 군대를 추격하지 말 것을 명령했다. 그러나 자옥은 왕의 명령을 거역하고 문공에게 독단적으로 사신을 보내어 조나라의 왕을 풀어주고 토지들을 모두 돌려주면 송나라에 대한 공격을 멈추겠다고 전했다. 이에 문공의 책사인 선진이 다음과 같이 조언했다.

"자옥이 이와 같은 조건을 내건 것은 조, 위, 송, 세 나라의 인심을 달래기 위해서입니다. 만일 우리가 이 조건에 응하지 않으면 우리는 세 나라 모두의 미움을 받게 됩니다. 그렇다면 전쟁을 시작하기도 전에 그 세 나라에 단합의 명분을 제공하고 우리만 고립되어 승리를 장담할 수 없는 지경에 이르고 맙니다."

그리고 그는 상황을 뒤집을 한 가지 꾀를 냈다.

"일단 몰래 조와 위나라의 왕을 다시 보위에 앉히고 영토를 돌려주어 우리에게 감사하는 마음을 품게 한 뒤 자옥의 사신을 감금하고 전쟁을 시작하여 송나라를 구하는 것이 어떻겠습니까?"

문공이 이 계획을 실행에 옮기자 자옥은 분노에 떨며 공격 명령을 내렸다. 이때 또 다른 신하 자범이 문공에게 간언했다.

"과거 유랑하시던 시절 초나라 왕에게 융숭한 대접을 받았을 때

왕께서는 그 은혜에 보답하는 마음으로 언젠가 진과 초가 교전을 벌일 일이 생긴다면 진나라에서 삼사(90일 동안 행군하는 거리)를 뒤로 물리겠다고 약속하셨습니다. 그러니 지금 저희 군이 뒤로 물러나야 합니다."

다른 신하들이 반대하고 나서자 자범은 다음과 같이 말했다.

"우리가 과거의 신의를 지켜 뒤로 물러나고 초나라 군사들도 같이 물러나준다면 전쟁을 피할 수 있으니 좋은 일이고, 만약 초나라가 군사를 물리지 않고 공격해온다면 우리 군사들의 사기가 도리어 높아질 것이므로 우리에게 유리한 전쟁이 됩니다. 그리고 전쟁이 끝난 후에 다른 제후들에게 신의를 지키고 은혜를 갚을 줄 아는 사람이라는 칭송을 들을 테니 그 역시 좋은 일입니다."

자범의 말을 듣고 진나라는 군사를 물렀지만 자옥이 이끄는 초나라 군대는 아랑곳하지 않고 공격해왔다. 문공은 다른 제후국과 연합하여 초나라를 크게 격파했다. 이 전쟁으로 인해 진나라 문공은 주나라 천자로부터 제후국들의 패자 지위에 올랐음을 공식적으로 인정받게 된다.

명분과 핑계

어느 날 박사과정 학생 중의 한 명인 K군이 찾아왔다. 학생이 지도교수를 제 발로 찾아올 때는 조언이나 얻자고 하는 경우는 드물고 보통은 뭔가 특별한 이유가 있다. 아니나 다를까, 그가 꺼내놓은 이야기는 상당히 충격적이었다. 똑똑하고 성적도 좋은 학생이었는데 갑자기 박사 학위를 포기하겠다는 것이었다. 이렇게 자진해서 중도 하차하겠다는 것은 처음에 계획했던 인생의 길 말고 다른 길을 가겠다는 얘기다. 이유를 물었더니 예상대로 집안의 경제적 상황과 고령인 부모님 등 주변 여건들을 늘어놓았다. 그러나 K군의 개인적 취미가 음악 밴드 활동이고 제법 값이 나가는 자가용을 몰고 다니는 것으로 봤을 때 경제적 이유가 전부는 아닐 것이라는 것은 쉽게 짐작할 수 있었다. 몇 마디 더 이야기를 나눈 끝에 나는 K군의 문제가 의지와 인내력에 있다는 확신을 얻었다. 평균 4년 정도의 긴 기간 동안 치열하게 연구에만 몰두해야 하는 현실이 지겨워진 것이다.

K군과의 면담은 결국 서로의 명분 겨루기로 발전했다. 누구의 명분이 더 설득력이 있느냐에 따라 K군은 학교를 떠나는 명분을 얻어 나에게 허락을 받거나 아니면 알맹이가 빠진 명분이었음을 스스로 인정하며 학교에 그대로 남아야 하는 것이다. 그러나 K군은 어린아이처럼 징징대기만 할 뿐, 어렵게 들어온 박사 학위 과정을 포기할 만한 그 어떤 설득력 있는 명분도 내놓지 못했다.

나는 내심 차라리 K군이 미국 실리콘밸리에 회사를 차려 세상을 바꿀 만한 기술을 개발하고 한국의 명성을 드높이겠다든지, 오지로 봉사 활동을 다니며 평생을 바치겠다든지, 그도 아니면 사업으로 큰돈을 한번 벌어보고 싶다와 같은 명분이라도 내놓기를 바랐다. 그러나 이도저도 아니고 그저 인내심이 바닥나서 지금까지 걸어온 길을 내팽개치겠다고 하는 것은 아무래도 나중에 두고두고 후회할 선택인 것 같았다.

그 상황에서 지도교수로서 해줄 수 있는 일은 새로운 길을 가고자 하는 학생을 위해 멋진 명분을 함께 만들어주거나 아니면 약해진 의지력을 원상 복귀시켜서 원래의 길을 계속 가도록 달래는 일이었다. 그중에 내가 선택한 것은 후자였다.

나는 강공법으로 먼저 박사과정에 처음 들어왔을 때의 초심에 대한 이야기를 꺼냈다. 누구나 학문을 시작할 때는 순수한 열정을 품게 마련이고, 그 시절의 초심을 되새김질하다 보면 자연스레 숙연해질 수밖에 없다. 그런 다음 나는 그 학생의 아킬레스건인 인내력과 의지 문제를 지적했다. 그런 약한 인내심으로는 세상 어디를 가서 무엇을 한다고 해도 살아남기 힘들 거라고 했다.

K군은 며칠간 생각할 시간을 청하더니 결국 학위 과정에 복귀하기로 결정을 내렸다. 그 뒤엔 흔들림 없이 연구에 정진하여 4년 만에 박사 학위를 멋지게 따냈다. 그는 우리 연구실 출신 중에서도 가장 학문적 실적이 뛰어난 졸업생 중 한 명이다. 그리고 현재 미국의 명문 대학인 MIT에서 박사 후 과정으로 연구를 계속하고 있으며, 앞으로 훌륭한 학자의 길을 가게 될 것으로 기대된다.

그때 그 한순간의 선택이 한 사람의 인생을 바꾸어놓은 것이다. 만약 내가 K군의 허술한 명분에 아무런 토를 달지 않고 넘어가주었더라면 그는 자신의 재능을 땅에 묻어버리는 셈이 되었을 것이다. 물론 그가 그 선택이 옳았다는 것을 스스로 깨달으려면 한 20년쯤 지난 후에 그 순간을 돌아봐야 할 테지만 말이다.

세계 **최초의** 무인태양광자동차경주대회를 개최해야 하는 이유

세계 최초의 무인태양광자동차경주대회가 지난 2012년 10월에 화성의 자동차안전연구원 주행시험장에서 열렸다. 세계에서 처음으로 시도된 이 대회는 태양광 발전으로 자동차에 필요한 에너지를 만들고 그 에너지 범위 내에서 운전자가 없는 무인주행기술로 차를 움직이는 것으로, 에너지 소비를 최소화하면서 무인자율주행의 목표를 달성하는 것이 목표였다.

이 대회와 나의 인연은 2011년으로 거슬러 올라간다. 당시 20년이 넘는 역사의 세계에서 가장 권위 있는 태양광자동차경주대회인 호주 월드 솔라 챌린지에 출전할 서울대학교 학생 팀을 구성한다는 소식을 들었다. 그때 나는 국내 팀을 육성해서 해외 대회에 출전하는 것도 좋지만 국내에서도 새로운 개념의 국제 대회를 하나 창설

새로운 개념의 대회를 추진함에 있어 가장 시급했던 것은 명분의 정립이었다. 지능형 자동차의 궁극적 목표는 운전자 없이 주행이 가능한 무인자동차이고, 친환경 자동차의 최종 목표는 배기가스가 전혀 없는 전기자동차이다. 이러한 미래형 자동차 기술은 IT 및 전자 기술에 크게 의존하고 있으며 그 의존도는 갈수록 높아질 것이다. 따라서 이 새로운 대회의 무게중심을 전기전자 기술에 둠으로써 미래형 자동차 시대의 도래에 대비하는 것이 우선적인 명분이었다.

하여 국내 기술의 저변을 넓혀나가는 것이 더 중요하겠다는 생각을 하게 되었다.

며칠간 궁리하다가 어느 날 회의에서 만난 한 고위 공무원에게 넌지시 운을 떼어보았더니 "국제 대회 예선전이나 잘 치를 생각을 하시라"는 대답이 돌아왔다. 그 순간 오기가 발동했다. 지금까지 '새로운 시도' '세계 최초' '새로운 패러다임의 확립'과 같은 말을 숙제처럼 끌어안고 살아온 내 앞에 고정관념이라는 훼방꾼이 나타나 시비를 건 셈이었다. '우리가 과연 할 수 있을까?'라고 묻는 사람들의 불신과 회의가 없는 새로운 개념의 대회를 만들고야 말겠다는 사명감과 도전의식에 불을 지른 것이다.

새로운 개념의 대회를 추진함에 있어 가장 시급했던 것은 명분의 정립이었다. 누구를 만나 설명하더라도 공감을 얻어낼 수 있고 나 자신에게도 추진력이 될 수 있는 그런 대의적 명분이 필요했다. 내가 가진 명분은 적어도 네 가지 측면에서는 비교적 분명했다.

첫째, 기술적 측면에서 나는 미래형 자동차 기술 발전에 대한 나름의 명확한 청사진을 가지고 있었다. 세계 각국에서 발행된 논문, 기술 동향 보고서, 특허, 발표 자료, 언론 보도 자료 등이 이를 뒷받침해주었다. 미래형 자동차는 다양한 교통수단 및 교통 인프라와 연계되어 승객들이 출발지부터 목적지까지 지금보다 더 빠르고 안전하게 갈 수 있는 종합적 이동수단의 일부가 될 것이다. 친환경 자동차가 촉발시킨 일이인승 소형 자동차의 빠른 보급은 이러한 추세를 가속화시킬 것이다. 미래형 자동차를 위한 기술개발은 운전자의 안전성과 편의성을 극대화할 수 있는 지능형 기술과 저탄소, 고연비 조건을 만족시키는 친환경 기술에 집중될 것이다. 지능형 자동차의 궁극적 목표는 운전자 없이 주행이 가능한 무인자동차이고, 친환경 자동차의 최종 목표는 배기가스가 전혀 없는 전기자동차이다. 이러한 미래형 자동차 기술은 IT 및 전자 기술에 크게 의존하고 있으며 그 의존도는 갈수록 높아질 것이다. 따라서 이 새로운 대회의 무게중심을 전기전자 기술에 둠으로써 미래형 자동차 시대의 도래에 대비하는 것이 우선적인 명분이었다.

둘째, 사회적 측면에서 기술경진대회를 통해 미래형 자동차에 대한 관심을 확대시키고 싶었다. 자동차 기술개발에 앞선 선진국들은 미래형 자동차 기술개발의 저변을 확대한다는 차원에서 학생 및 일반인들이 참여하는 기술경진대회를 정기적 또는 비정기적으로 개최해오고 있다. 지능형 자동차와 관련한 기술경진대회는 미국 방위고등계획국DARPA, the Defense Advanced Research Projects Agency이 주최하는 그랜드 챌린지Grand Challenge나 어번 챌린지Urban Challenge가 대표적이고, 친환경 자동차와 관련해서는 호주의 월드 솔라 챌린지World Solar Challenge나 미국의 아메리카 솔라 챌린지American Solar Challenge가 잘 알려져 있다. 그러나 이에 비해 한국은 세계 5위권 안에 드는 자동차 생산국인데도 권위 있는 세계적 대회를 개최하기는커녕 국제 대회에 참가조차 하지 않고 있는 실정이었다. 기술 발전에 있어서 경진대회가 갖는 중요성은 2006년 미국 DARPA가 주최한 대회들이 무인자동차 기술에 대한 수요와 관심을 국방산업 분야에서 민간 분야로 옮기는 기폭제 역할을 한 것만 봐도 잘 알 수 있다. 우리에게도 자동차 전자 분야에 대한 저변 확대를 위해 산업계, 학계, 연구소 및 정부 관계자들이 손을 잡고 동참할 수 있는 계기를 마련하는 것이 중요했다.

셋째, 자동차 기술 선진국으로서의 한국의 위상을 제고하기 위해서라도 이 대회는 꼭 필요한 것이었다. 기존의 국제적 대회들은 지능형이나 친환경이냐로 갈리면서 두 가지 기술이 유기적으로 결합되어야 하는 미래형 자동차의 요구 조건을 고루 만족시키지는 못했다. 그러니 이 두 가지를 모두 요구하는 기술경진대회는 아직 세계에서 아무도 시도해보지 않은 새로운 개념의 대회였다. 그 첫 대회를 한국에서 개최한다면 한국의 자동차 기술 수준을 해외에 널리 알리는 좋은 기회가 되지 않겠는가. 특히 자동차 기술과 관련해서 지금까지 선진국의 기술을 빠르게 배우고 빠르게 따라가는 '빠른 추종자fast follower' 전략이 주류를 이루었다면 이제는 리더로서 신기술을 선도해야 할 때다. 이런 요구에 부응하기 위해서라도 이제껏 아무도 해보지 않은 일을 한국에서 벌여보자는 것은 내게 아주 중요한 명분이 되었다.

넷째, IT 융복합 전문 인력을 양성하기 위한 발판이 필요했다. 현재 과학기술 분야의 추세는 융합/복합이다. 한 분야만으로는 기술적 한계에 부딪치므로 타 분야, 타 기술과의 융복합을 통해 시너지 효과를 추구해야 한다. 그런데 문제는 대학에서 이런 융복합 전문 인력을 길러낼 준비가 전혀 되어 있지 않다는 것이다. 경제적 파급 효과가 큰 자동차 산업에서 자동차 기술을 이해하는 전기전자 및 IT 전문가를 육성하는 일은 국가경쟁력을 위해서도 대단히 필요한 일이다. 자동차 융복합 전문가를 육성할 수 있는 교육 프로그램의 핵심은 이론과 그 이론을 실제로 구현해보는 실습을 병행하는 것이다. 이런 의미에서 무인태양광자동차경주대회는 대회 참여자들에게 체계적 이론 교육을 제공하고 각 대학별로 그 이론을 창의적으로 구현하는 실습 기회를 제공함으로써 융복합 전문가 양성이라는 목표 달성을 가시적인 것으로 만들어줄 것이다.

우리는 인생에서
무엇이 가장 중요한지 가르쳐주는
여러 스승을 만난다.
공부는 학자가 되기 위해서가 아니라
더 나은 삶을 살기 위해 하는 것이다.

우리는 지적 능력을 타고난 덕분에
삶의 의미를 깨달을 수 있다.
어떻게 착한 삶을 살고
어떻게 나쁜 길로 접어들지 않을지 말이다.

학문의 종류는 끝없이 많다.
무엇이 착한 것이고
무엇이 삶의 목표인지
알지 못한다면 제대로 된 선택을 할 수 없다.

오늘날에는 공부할 만한 지식이 넘치도록 많다.
하지만 시간이 지날수록
우리 능력은 줄고 인생은 짧아져
가장 필요한 최소한의 지식조차 배우기가 어렵다.

—진리; 레프 톨스토이,『살아갈 날들을 위한 공부』중에서

무인태양광자동차경주대회는 기존 대회들의 개념을 뒤집는, 지금까지 전혀 보지 못한 획기적인 것이어야 했다. 아무도 발을 들인 적이 없는 블루오션에서 게임의 룰을 만드는 것은 개척자의 몫이다.

공감할 수 있는
실행 목표를 설정하라

"개인이나 조직에서 명분을 실현하기 위한 실행 목표는
어떻게 설정하는 것이 좋은가?"

**"실행 목표는 구체적이면서
관련자들이 공감할 수 있도록 설정하라."**

명분의 실현은 구체적 실행 목표를 정하는 일에서부터 시작된다. 특히 조직의 경우에는 구성원들이 공감하는 공통 목표를 정해야 구성원들의 추진력에 동기를 부여해주고 상호간 시너지 효과를 낼 수 있다. 어떠한 과제를 추진함에 있어 구체적인 결과물을 상정해놓는 것이 바로 실행 목표이다. 목표는 구성원들의 호기심을 유발할 수 있어야 하며 도전에 대한 자부심이 느껴지도록 만들어야 한다.

개인이나 조직에서 실행 목표를 정하는 데 중요한 세 가지 요건이 있다. 첫째, 각 목표는 예상되는 결과물을 구체적으로 명시해야 한다. 실행 목표는 희망사항 리스트가 아니다. 목표치를 낮추는 한이 있어도 필히 실현 가능한 것이어야 한다. 둘째, 목표 달성과 관련된 사람들 사이에 공감대가 형성되어야 한다. 개인의 경우에는 내가 세운 목표를 실행에 옮기는 데 관련된 사람들, 조직의 경우에는 구성원들 사이에 목표 달성에 대한 연대감이 필요하다. 이것 없이는 마치 몸통은 움직일 생각도 안 하는데 머리 혼자서 '나를 따르라'고 외치며 발버둥치는 꼴이 된다. 셋째, 세부 실행 목표들은 각 목표들끼리 시너지 효과가 발생할 수 있도록 수립해야 한다. 즉, 하나의 목표를 달성하고 나면 그 결과물을 다음 목표 달성에 이용할 수 있도록 연결고리를 만들어주는 것이다.

계획 수립 시 구체적 목표 설정이 왜 중요한지에 대해 몇 가지 사례들을 통해 살펴보자.

전쟁도 목표가 뚜렷해야 이긴다

중국 고대 병서 중 하나인 『손자병법』을 보면 손자는 전쟁의 필요성에 대해 역설하면서도 백성의 고통을 최소화할 수 있도록 전쟁 전에 신중하게 사전준비를 할 것을 강조했다. 전쟁의 명분이 확실하다면 그다음으로는 실행 목표들을 세워야 한다.

전쟁에서의 첫 번째 실행 목표는 경제적 이득을 얻는 것이다. 그러나 전쟁은 오래 끌면 끌수록 전투력과 물자가 고갈되어가게 마련이다. 따라서 손자는 이러한 문제들을 근본적으로 해결하기 위한 현실적인 방법들을 내놓았다. 전쟁은 가급적 단기전으로 끝낸다. 식량은 현지 조달하거나 적으로부터 빼앗으며, 무기를 탈취하거나 포로가 생기면 바로 활용하라는 것이다.

두 번째 전쟁에서의 실행 목표는 자국 군대의 희생을 최소화하는 것이다. 손자는 무분별하게 전쟁을 일으키는 것을 가장 경계하며 계획 없는 전쟁은 과도한 물적·인적 희생으로 이어져 전쟁에서 이기고도 나라의 패망을 초래하게 된다고 경고했다.

전쟁에서의 세 번째 실행 목표는 전쟁을 통해 주변국과의 외교 판도를 바꾸는 것이다. 이것이 전쟁의 이유가 된 사례는 역사 속에서 수없이 찾을 수 있다. 중국 춘추전국시대에 힘센 오나라에 대항하기 위해 월나라와 초나라가 손을 잡자 오나라는 월나라를 제거하기 위해 먼저 초나라를 무너뜨리며 30년 전쟁을 시작했다.

또 다른 예는 『삼국지』 '적벽대전' 편에도 나온다. 당시 조조는 중국 북방 지역을 평정한 뒤 천하 통일의 야심을 품고 남방으로 향하려고 하지만 남방의 동오에는 손권이, 형주에는 유비가 있었다. 손권은 조조가 남하할 낌새를 보이자 먼저 형주를 비롯한 장강 일대를 점령하기로 한다. 그러자 조조는 형주를 빼앗길 것이 두려워 손권에 앞서 형주를 공략하고 퇴각하는 유비를 강릉까지 쫓아간다. 이러한 세력의 불균형은 손권과 유비의 연합전선을 구축하게 만드는 계기가 되었고, 결국 손권 유비 연합군은 조조군에 맞서 적벽을 사이에 두고 격돌, 대승을 거두었다.

유학은 목표가 아닌 하나의 과정

수년 전 어느 날 지도학생 중 한 명인 L군이 유학을 가고 싶다며 상담을 신청해왔다. 유학을 가려는 학생들은 학위 취득이나 한국에서는 할 수 없는 새로운 연구 분야에 대한 참여, 새로운 문화에 대한 경험, 새로운 전문가 그룹과의 교류를 통한 인적 네트워크 확대, 졸업 후 타국에 정착 등 비교적 뚜렷한 명분과 목표가 있다.

그런데 L군은 왜 유학을 가려고 하느냐는 질문에 "현재 석사과정에서 연구하고 있는 내용들을 좀 더 깊이 알고 싶다"는 대답을 내놓았다. 평소의 그를 아는 나로서는 의아심을 품지 않을 수 없었다. 그는 입버릇처럼 연구실 동료들에게 연구가 힘들다고 불평을 해온 데다 그것도 모자라 산학연구 프로젝트에 참여하는 회사 쪽 담당자에게까지 푸념해온 걸 뻔히 아는데 더 깊은 공부를 위해 유학을 간다니, 그 이유의 진정성을 충분히 의심할 만하지 않은가. 내가 보기에는 차라리 유학을 가면 한국에서 떠안고 있던 고민거리가 다 해결될 것이라는 일종의 도피적 환상을 가지고 있는 것처럼 보였다.

안에서 새는 바가지는 밖에서도 새는 법이다. 한국에서 연구 성과나 학업 성적이 좋지 않은 학생들은 유학을 가도 별다를 게 없는 경우가 많다. 그래서 나는 L군에게 학생들이 유학에 대해 오해하고 있는 점에 대해 차근차근 조언해주었다.

"유학은 인생의 목표가 아니라 인생에서 목표한 것을 이루기 위한 하나의 과정에 불과하다. 따라서 유학을 가지 않는다고 해서 내가 목표한 것을 이루지 못하는 것이 아니다. 가장 중요한 것은 목표를 향한 노력과 도전의식이다. 그리고 이 노력과 도전은 유학을 준비하는 과정에서부터 유학을 마치고 학교 문을 나서는 그 순간까지 잠시도 놓지 말아야 한다."

그러면서 먼저 매사에 전력을 다하지 않는 태도부터 고쳐보는 것이 좋지 않겠느냐는 조언도 덧붙였다. 그리고 얼마 후 L군은 결국 원하던 대로 유학을 떠났다.

몇 년 뒤 들리는 소문에 따르면 슬그머니 귀국해서 국내 기업체에 취직했다고 하는데, 유학생활이 생각처럼 잘 풀리지 않아 면구스러운 것인지 지금까지도 내게는 소식 한 장 없다. 한 번쯤 몇 년의 외국생활을 통해 본인이 세웠던 유학의 구체적 목표들을 얼마나 달성했다고 생각하는지, 전과는 다른 사람이 되었다고 생각하는지에 대해 묻고 싶었으나 기회는 오지 않을 것 같다.

L군을 생각할 때마다 떠오르는 아쉬움은 유학 상담차 나를 찾아왔을 때 내가 좀 더 열성을 가지고 그의 세부 목표 설정과 계획 수립을 도와주었다면 그가 자신의 지적 재능을 좀 더 활짝 펼칠 수 있지 않았을까 하는 것이다. 험한 세상에 나가 쓴맛을 한번 보면 정신을 차릴 것 같아 성급하게 현실 도피의 길을 가는 것을 눈감아주면서 결과적으로 내가 인생의 멘토 역할을 방임한 것은 아닌지 두고두고 후회가 된다.

무인태양광자동차경주대회의 목표

무인태양광자동차경주대회의 개념은 기술의 융복합화라는 사회적 요구와 시기적절하게 맞아떨어졌다. 그리고 각 참여 팀의 지도교수와 학생들에게는 자기 전공이 아닌 분야를 배워 접목을 시도해볼 수 있는 절호의 기회인지라 참여도 면에서는 문제가 없을 것이라고 생각했다. 이와 같은 주변 상황과 수요를 근거로 비록 첫 대회이긴 하지만 나는 대회의 목표를 다소 도전적으로 설정하기로 했다. 결과적으로 그 목표들은 대회 참가자들에게 새로운 기술을 배우고 구현하는 데 동참한다는 자부심을 심어주었다. 대회 마지막까지 전체 참가팀 모두가 중도 포기 없이 함께 갈 수 있게 만들어준 원동력이 되었다. 세계 최초 무인태양광자동차대회의 실행 목표는 다음과 같았다.

(1) 국내 10개 팀 이상의 출전팀 확보

(2) 커뮤니티 조성

(3) 새로운 대회에 대한 운영 방식 및 규정 등 체계 정립

(4) 홍보를 통한 대회 인지도 제고

(5) 서울대 팀 기술 수준 제고

국내 10개 팀 이상의 출전팀을 확보하는 일은 대회의 틀을 유지하고 경기를 흥미 있게 진행하기 위해 가장 중요한 기본 항목이었다. 참가팀이 없는 대회가 무슨 의미가 있겠는가. 그리고 명색이 전국대회인데 참가팀 수가 다섯 개도 안 된다면 그야말로 민망한 일이 아닐 수 없었다. 처음에는 국제 대회를 생각하고 미국, 싱가포르, 일본, 중국 등 여러 대학의 친분 있는 교수들에게 대회 참가를 권유해봤지만 대부분 항공료를 포함한 엄청난 재정적 지원을 요구하는 바람에 그냥 국내 대회로 규모를 줄였다.

그런데 국내에서조차 10개의 참가팀을 확보하는 일이 만만치가 않았다. 처음으로 치러지는 대회에 선뜻 시간과 비용, 노력을 투자하지 않으려는 건 당연한 일이었다. 당장 지원금이나 상금에 대한 약속뿐만 아니라 대회 날짜 및 장소도 정해진 것이 없는 상황이었다. 그러다 보니 참가팀 모집 공고 포스터에 기입할 내용이 없었다. 대회 사무국 직원이 궁여지책으로 짜낸 아이디어가 '호기심 마케

새로 나온 포스터 디자인은 무릎을 탁 치게 만들었다. 태양광을 의미하는 강렬한 노란색 바탕에 자동차경주대회를 상징하는 격자무늬 깃발이 있고 그 한가운데 대회 이미지 컷이 박혀 있었다. 실비만 주고 만든 이 포스터는 이후 홈페이지, 기념품 제작, 언론 홍보 등에 두루두루 쓰이며 대회의 얼굴 역할을 톡톡히 해주었다. 대강 때우고 보자는 식으로 만든 것과 프로의 손을 통해 마음에 들게 만든 것의 생명력에는 큰 차이가 있다는 것을 절감했다.

팅'처럼 대회 타이틀과 대략적 개최 시기, 경기 종목 및 참가 자격만 명시한 포스터를 만들어 뿌리자는 것이었다. 속사정이야 어찌 됐든 결과적으로 나온 포스터는 오히려 호기심과 도전의식을 불러일으키는 강렬한 이미지에 군더더기 없이 깔끔한 것이 마음에 쏙 들었다. 그게 전화위복이 됐는지 결국 전국에서 대학팀과 일반팀을 합쳐 17개 팀의 참가 신청을 받을 수 있었다.

두 번째 목표는 무인태양광자동차 기술에 관심이 있는 사람들 간에 네트워크를 형성하고 이를 기반으로 새로운 커뮤니티를 조성하는 것이었다. 외국에서는 이러한 모임을 SIG^{Special Interest Group}라고 부른다. 이런 커뮤니티를 통해 대회준비위원, 심사위원, 대회에 참가하는 각 대학팀의 지도교수와 학생들, 일반팀 연구원, 정부기관, 후원기관 및 협찬기관 관계자 등 무인태양광자동차 기술을 이해하고 그 중요성에 대해 공감하는 사람들이 서로 정보를 교환하고 친분을 쌓는 것이다.

그런데 대회 준비 과정에 직간접적으로 참여한 사람들이 서로 필요에 의해 연락을 주고받다 보니 내가 일부러 관여하지 않아도 커뮤니티가 저절로 형성되었다. 이들은 다양한 경로를 통해 대회를 홍보하며 인지도를 높여주었고, 대회에 필요한 여러 가지 기술을 가진 기업이나 전문가를 찾아내는 데에도 큰 도움이 되어주었다.

이러한 커뮤니티 조성은 새로운 기술의 저변 확대를 위해 꼭 필요한 과정이다. 외국에서도 학회 내에서 관심 분야가 비슷한 사람들끼리 작은 공부 모임을 만들고 이것이 커져서 나중에는 연구회, 소사이어티, 심지어 학회로까지 발전하는 경우를 종종 봐왔다. 아직 시작 단계이긴 하지만 미래 자동차 기술에 대해 관심 있는 사람들의 네트워크를 구축했다는 사실 하나만으로 의미 있는 출발이라고 생각한다.

세 번째 목표는 새로운 대회의 운영 방식 및 규정 등 체계를 정립하는 일이었다. 아무리 첫 번째 대회이고 대학생들이 참가하는 아마추어 경주대회라고 해도 대회는 대회였다. 거기에다가 장관상 등 순위 경쟁까지 하다 보니 각종 규정들이 필요했다. 해외에서 열리는 권위 있는 자동차대회는 그 관련 규정만 해도 여러 권의 분량을 이룬다. 오랜 역사를 가진 대회들이니 당연히 그 세월 동안 쌓인 규정도 많겠지만 문서에 대한 그네들의 꼼꼼함과 치밀함은 혀를 내두를 정도다.

무인태양광자동차대회도 1회부터 그런 규정을 만들어두어야겠다는 생각에 별도의 규정위원회를 출범시켰다. 그러나 막연하게 머릿속으로만 모의실험을 해서 대회 관련 규정들을 만들자니 고충이 이만저만이 아니었다. 대회가 열리기 1년 전에 완성한 첫 번째 버전은 대회 직전까지 다섯 번 이상의 수정작업을 거쳤다.

그럼에도 불구하고 대회 당일 경기 운영에서 예상치 못한 문제들이 터져 나와 나를 비롯한 규정위원들을 곤혹스럽게 만들었다. 기술적으로 가장 논란이 많았던 조항은 GPS 수신기와 배터리에 관련된 것이었다. 그중에서도 GPS 수신기 사양에 대해 지나치게 엄격하게 규제하는 바람에 제 기량을 발휘하지 못한 팀이 나오기도 했다. 규정위원들은 복불복이라며 서로 위안하고 넘어갔지만 규정이 완벽했더라면 더 좋은 경기 기록과 함께 학생들도 좀 더 만족스러운 경기를 펼칠 수 있지 않았을까 하는 아쉬움이 남았다.

네 번째 목표는 대회를 홍보하고 일반인들의 인지도를 향상시키는 일이었다. 처음에는 교수들이 주축을 이루는 준비위원들이 자체적으로 해결하기 위해 동분서주했지만 친분이 있는 언론매체나 대학 홈페이지를 통해 알리는 수준이 고작이었다. 홍보 동영상과 대회 기록물도 우왕좌왕하다가 대회 한 달 전에야 부랴부랴 전문 업체에 제작을 의뢰했다. 당연히 큰 효과를 볼 리가 만무했다. 홍보는 전문 인력의 손길이 필요한 분야라는 것을 우리 모두 뒤늦게 깨달은 것이다.

결과를 놓고 봤을 때 기업이나 기관들로부터 후원을 받는 데 많은 어려움을 겪었으니 이 네 번째 목표는 실패했다고 할 수 있겠다. 예산과 인력의 부족도 문제였지만 제대로 된 방법을 몰라서 홍보에 대한 목표를 구체화하지 못했고 대회도 제대로 알리지 못했다. 그나마 한 가지 위안으로 삼는 일은 이렇게 홍보가 미흡했음에도 알

음알음으로 소식을 접한 사람들이 300명이나 대회를 구경하고 갔다는 사실이다.

서울대 팀의 기술 수준을 높이자는 다섯 번째 목표는 개인적으로 내가 가장 달성하고 싶었던 것이었다. 거기에는 나름의 이유가 있었다. 서울대에 부임한 이후로 나는 주로 이론 위주의 연구를 해왔다. 큰 실험장치도 필요 없고 그저 컴퓨터 몇 대를 돌려 모의실험을 진행하고 연구 논문을 제출하는 식이었다. 나는 늘 연구 범위를 이론 연구에서 실험을 통한 검증까지 확대해보고 싶은 욕심이 있었다. 그러던 차에 이 대회를 맡고 보니 서울대에서 출전한다면 우리 연구실이 주축이 될 것이고 출전을 위해 자동차를 제작하게 된다면 연구 범위를 자연스럽게 실험으로까지 확대할 수 있으리라는 희망을 품었다.

그런데 문제는 언제나 그렇듯 근본적인 것에서 발생했다. 우리 연구실에서는 한 번도 자동차를 만들어본 적이 없었던 것이다. 나는 일단 학생들을 모두 소집했다.

"대회 소식 들었니?"

"네."

"우리도 대회에 출전했으면 하는데."

"아, 네. 그런데……."

학생들은 한참 동안 말을 잇지 못했다. 기가 막힌 모양이었다. 전자공학 전공 학생들을 모아놓고 자동차를 만들자니 그럴 만도 했다. 무인자동차 관련 기술은 오랫동안 연구해온 분야라 친숙했지만 거기에 태양광 기술을 합한 무인태양광자동차는 용어부터가 생소했다.

한참 만에 정적을 깨고 박사과정 고년차인 C군이 말을 꺼냈다.

"출전은 하고 싶은데 어디서부터 시작해야 할지 감이 안 잡힙니다."

나라고 뾰족한 답이 있을 리가 없었다.

"우리가 잘 모르는 분야지만 까짓것 한번 부딪쳐보자. 그럴 만한 용기는 있나?"

대답이 없다.

학생 하나가 불쑥 끼어들었다.

"욕심은 있습니다."

또 다른 학생이 거들었다.

"세상일이란 게 시작하는 사람한테는 다 처음 하는 일 아닌가요? 시행착오를 거치다 보면 어떻게든 되겠죠."

그 순간 그 말이 얼마나 큰 위안이 되었는지 모른다. 못하겠다고 포기하지 않은 학생들이 너무 기특했다. 고참 학생들이 먼저 그렇게 나서주니 분위기가 긍정적인 쪽으로 흘러갔다. 학부생과 대학원생 혼성팀인 서울대 팀은 그렇게 얼떨결에 탄생되었다. 그러나 그것은 고민의 시작에 불과했다.

무모한 용기로 인해 새로운 배움이 시작됐다. 그때부터 우리를 가르쳐줄 만한 사람이라면 누구든 붙들고 질문을 던지고, 스스로 설계를 해보고, 만들어보고, 안 되면 다시 고치기를 반복했다. 1년간 숱한 시행착오를 거치며 자동차 설계 및 제작에 대한 귀중한 노하우를 쌓아갔다.

어디서부터 어떻게 시작해야 할지를 두고 며칠간 머리를 싸매고 있던 차에 예전에 봤던 어느 회사의 광고 기사 하나가 문득 떠올랐다. 구로 디지털 단지에 있는 회사인데 독자적으로 전기차를 만들어 유럽 알프스 산맥 횡단에 참가했다는 기사였다. 바로 기사 검색에 들어가 주소를 확인한 후 다음 날 학생들과 함께 그곳을 찾아갔다. 우리가 보고 싶었던 전기차가 그곳에 있었다. 다짜고짜 매달렸다.

"우리도 전기차를 만들고 싶은데 좀 가르쳐주세요."

무모한 용기로 인해 새로운 배움이 시작됐다. 그때부터 우리를 가르쳐줄 만한 사람이라면 누구든 붙들고 질문을 던지고, 스스로 설계를 해보고, 만들어보고, 안 되면 다시 고치기를 반복했다. 1년간 숱한 시행착오를 거치며 자동차 설계 및 제작에 대한 귀중한 노하우를 쌓아갔다. 그렇게 비싼 대가를 치른 후에 드디어 무게 150킬로그램이 넘는 서울대 제1호차가 탄생했다. 비록 겉모습은 허름한 리어카 수준으로 볼품이 없었지만 내게는 그 어떤 명품 차보다 의미 있는 작품이었다. 펜과 노트, 컴퓨터밖에 모르던 학생들이 처음으로 만들어낸 자동차가 아닌가. 학생들도 제 손으로 만들어놓고 스스로 놀라워했다. 팀의 단합과 추진력에 추가로 자동차 설계 및 제작에 대한 귀중한 노하우들까지 차곡차곡 쌓았으니 나로서는 목표를 넘치게 달성한 셈이었다.

작은 성공은 더 큰 성공에 대한 욕망을 부채질하는 법이다. 1호차가 완성됐을 때는 그렇게 세상을 다 가진 것처럼 뿌듯하더니 슬그머니 디자인도 좀 마음에 안 차고 구조적인 문제점들도 줄줄이 발견되기 시작했다. 무게중심이 높아 코너를 돌 때 전복될 가능성이 있는 데다 태양광 패널을 얹을 차 지붕의 면적이 좁아 많은 전력을 발생시키기가 어려웠다. 팀원들은 1호차 주행 실험을 하는 사이에 2호차를 새로 만들어보겠다고 했다.

바로 그다음 날부터 기존의 문제점들을 반영하고 디자인도 조금 더 날렵하게 바꾼 2호차 제작이 시작되었다. 대회까지 남은 시간은 한 달 반. 만약 그때까지 운 좋게 2호차가 완성되면 2호차로 대회에 출전하고 안 되면 1호차로 그냥 밀고 나간다는 것이 우리의 계획이었다.

그런데 이게 무슨 운명의 장난이란 말인가. 며칠 후 긴급 제동 장치를 켜지 않은 상태에서 주행 테스트를 하던 중 1호차가 급발진 사고로 반파되는 엄청난 사고가 터졌다. 차량 파손은 물론이고 1000만 원이 넘는 센서 및 각종 전자 장치들도 크게 부서지고 말았다. 1호차로 대회 출전은 불가능해졌다. 비상사태였다.

학생들을 긴급 소집해 2호차 제작에 박차를 가하기 시작했다. 이대로 출전을 포기해야 할지도 모르는 상황이었다. 한창 학기 중인 시기에 팀원들은 학업마저 미뤄두고 한 달 동안 거의 매일같이 밤을 새우다시피 했다. 결국 대회 일주일을 앞두고 서울대 2호차가 극적으로 완성됐다. 모두가 환호성을 올렸다. 그러나 아직 주행 실험이 남아 있었다. 일주일 내로 모든 테스트를 마쳐야 하는데 팀원들의 체력이 그 일주일을 버틸 수 있을지가 의문이었다.

그때부터는 정신력 싸움이었다. 차량 제작팀에서 주행팀인 두 명의 대학원생에게로 막중한 임무가 옮겨졌다. 그러나 일주일간 최선을 다해 시간과 한판 승부를 벌였음에도 불구하고 주행 실험을 완벽하게 끝내지 못한 상태에서 출전하게 되었다.

대회 첫날 아니나 다를까, 마무리 점검을 하지 못한 프로그램에서 계속적으로 문제가 발생해 첫날 성적은 하위권에 머물고 말았다. 모두가 낙심하는 표정이 역력했다. 그 상황에서 내가 할 수 있는 최선이란 실망한 내색을 비치지 않고 마지막까지 최선을 다하도록 어깨를 두드려주는 것뿐이었다. 다행히 첫째 날 성적과 둘째 날 성적을 3대 7로 반영하는 대회 규정으로 아직 희망은 있었다. 대회 첫날 밤, 기온이 거의 영상 5도 가까이 떨어진 가운데 팀원들은 마지막 힘을 다해 프로그램을 수정하고 주행 실험을 계속했다. 자동차보다 인간의 한계가 어디까지인지를 시험하는 것 같았다.

그리고 대회 둘째 날이 밝았다. 피로에 찌든 학생들의 부스스한 얼굴을 보니 지난밤 주행 실험이 성공했는지 물어보기조차 안쓰러울 지경이었다. 그런데 그날 우리는 밤사이 누가 마법이라도 부린 것처럼 첫날의 문제점들을 거의 완벽하게 해결하고 코스 주행에 성

1호차로 대회 출전은 불가능해졌다. 비상사태였다. 학생들을 긴급 소집해 2호차 제작에 박차를 가하기 시작했다. 이대로 출전을 포기해야 할지도 모르는 상황이었다. 한창 학기 중인 시기에 팀원들은 학업마저 미뤄두고 한 달 동안 거의 매일같이 밤을 새우다시피 했다. 결국 대회 일주일을 앞두고 서울대 2호차가 극적으로 완성됐다. 모두가 환호성을 올렸다. 요즘 젊은이들의 패기가 옛날 같지 않으니 어쩌니 하는 걱정을 한 방에 날려버리고 엔지니어의 기상을 보여준 통쾌한 순간이었다.

공했다. 그리고 당당히 종합 2위로 올라섰다. 기적이 아닐 수 없었다. 기술과의 싸움, 체력과의 싸움, 시간과의 싸움, 더 나아가 자기 자신과의 싸움에서 승리한 값진 결과였다. 요즘 젊은이들의 패기가 옛날 같지 않으니 어쩌니 하는 걱정을 한 방에 날려버리고 엔지니어의 기상을 보여준 통쾌한 순간이었다.

성공적으로 달성한 이 다섯 번째 목표는 내게 다른 어떤 목표보다 귀한 깨달음을 안겨주었다. 바로 교육과 훈련의 중요성에 대한 것이다. 서울대 1호차를 제작하는 데는 1년이 걸렸지만 2호차 제작에 걸린 시간은 불과 한 달 반이었다. 1호차가 소달구지 수준이었다면 2호차는 잘 빠진 세단 수준이었다. 기술 수준이 수직으로 상승한 것이다. 학생들은 1호차를 만드는 동안 무인태양광자동차에 대해 완벽하게 이해하고 2호차 제작에서는 무수한 아이디어들을 쏟아냈다. 현재 우리나라 공학 교육의 현실을 생각했을 때 이론과 실습이 100퍼센트 조화를 이룬 새로운 교육 모델이 왜 필요한지를 증명한 혁신적인 결과라고 할 수 있다.

그리고 이 대회는 몇몇 팀원들에게는 개인적으로 이상적인 성격 개조의 기회가 되기도 했다. 원래 조용하고 얌전한 성격이었던 대회 총괄 조교 C군은 대회를 치르며 적극적이고 도전적으로 바뀐 데다 리더십도 상당히 늘었다. 이렇게 열정과 도전의식에 눈뜬 학생들이 앞으로 사회에 나가 왕성한 활동을 벌일 것을 생각하니 그간에 고생스러웠던 기억들이 눈 녹듯 사라지는 것 같았다.

축사 문이 안으로 당겨야 열리게끔 되어 있다면

말이나 소 같은 동물은 절대 나가지 못한다.

문의 원리를 몰라서 굶어 죽게 된다 해도 꼼짝 못한다.

목표를 이루기 위해

때로는 원치 않는 일도 해야 한다는 사실을

이해하는 존재는 인간뿐이다.

인간에게는 지적 능력이라는 귀하고 중요한 능력이 있다.

우리는 그 능력을 키우고 발전시켜야 한다.

사고하는 방식에 따라 우리는

삶에서 마주치는 모든 것을 설명한다.

이런 사고가 잘못되어 있다면

가장 명백한 진실도 빛이 바랠 수밖에 없다.

마치 달팽이처럼 자신의 낡은 생각과 관점을

등에 지고 다니는 이들이 많다.

―등짐; 레프 톨스토이, 『살아갈 날들을 위한 공부』 중에서

나만의 경쟁력과
차별성을 확보하라

"새로운 일을 도모할 때 어떻게 나만의 경쟁력을
 확보할 수 있을까?"

**"나만의 차별성을 가져라.
 그리고 새로운 게임의 룰을 만들어라"**

무無경쟁시장을 의미하는 블루오션은 아직 누구에 의해서도 시도된 적이 없는, 광범위한 잠재력을 가진 시장을 가리킨다. 그러나 블루오션이라고 해서 성공이 보장되는 것은 아니다. 블루오션이건 기존의 레드오션이건 중요한 것은 남을 따라 하는 것만으로는 경쟁력이 없다는 사실이다. 남들과 차별화할 수 있는 전략만 있다면 어떤 시장에서도 승산이 있다.

차별화 전략의 첫 단계는 바로 나 자신에 대한 성찰이다. 나의 재발견을 통해 스스로의 재능과 장점을 파악하고 이를 자산으로 활용하도록 노력해야 한다. 마르쿠스 아우렐리우스는 『명상록』에서 이렇게 조언하고 있다.

"당신은 다른 사람으로부터 칭찬받을 만한 재주가 없을지도 모른다. 그러나 당신에게는 '선천적으로 타고난 재능이 없다'고 단정 짓지 못하게 만드는 다른 많은 성품이 있다. 그 미덕을 발휘하라. 그것은 당신 마음먹기에 달려 있다. 성실, 품위, 인내, 근면, 절제, 만족, 너그러움, 자유, 순박, 정직 등의 성품은 당신 내부의 힘이다. (……) 천부적인 재능을 가지고 태어나지 않았다고 해서 투덜거리거나, 인색하게 굴거나, 아첨하거나, 자신의 연약한 육체를 탓하거나, 다른 사람의 비위를 맞추거나, 허세를 부리면서 불안하게 살고 싶은가?"

옳은 말이 아닐 수 없다. 매일같이 학교에서 수많은 학생을 만나는데 저마다 자기만의 장점을 가지지 않은 이를 나는 한 번도 본 적이 없다.

지난 2년간 무인태양광자동차경주대회의 차별성에 관한 질문을 수없이 받았다. 국내외에서 정기적 혹은 비정기적으로 열리는 여러 종류의 자동차경주대회와 비교해서 이 대회가 갖는 차별성을 부각시키는 것은 매우 중요한 일이었다. 그렇지 않고서는 사람들의 관심을 *끄는* 일에도, 후원이나 기업의 협찬을 끌어내는 일에도 애로사항이 많을 수밖에 없기 때문이었다. 대회의 차별성을 부각시키는 것은 내 생각의 차별성을 부각시키는 것과 마찬가지다. 직접 일하는 사람이 어떤 생각을 가지고 있느냐에 따라 그 일의 결과가 달라지는 것은 당연하다. 생각의 차별성은 변화를 요구하고, 변화는 두려움을 동반한다. 사람들이 변화 앞에서 주저하는 것에 대해『명상록』에서는 이렇게 꼬집고 있다.

"우리는 변화를 두려워한다. 그러나 변화 없이 생겨날 수 있는 것이 무엇이 있는가? 변화보다 더 친밀하고 소중한 것이 무엇이 있는가? 장작이 불로 변화하지 않는다면 당신이 따뜻한 물에 몸을 담글 수 있겠는가? 음식이 변화하지 않는다면 당신의 몸이 영양분을 섭취할 수 있겠는가? 당신 자신의 변화도 이와 같은 이치이며 우주 만물의 변화는 반드시 필요한 것임을 왜 그대는 모르는가?"

졸업 논문심사에 들어가면 흔히 보는 것이, 학생들 대부분이 주어진 발표시간 30분을 자신의 연구 내용을 소개하는 데 할애하면서 복잡한 수식을 설명하려고 애쓰거나 컴퓨터 모의실험 결과를 설명하려고 애를 쓴다.

그러나 심사자 입장에서 정작 중요한 것은 그 연구가 다른 연구 결과들에 비해 어떤 차별성이 있는지를 파악하는 것이다. 연구의 중요성과 의미를 먼저 이해하고 나서야 세부적인 연구 내용에 대한 검증으로 들어갈 수가 있기 때문이다. 심사위원들은 그 연구 결과가 기존의 것에서 얼마만한 변화를 이끌어냈는지를 가장 핵심적인 심사의 잣대로 삼는다. 즉, 기존의 게임의 룰 안에서 최상의 결과를 얻을 수 있는 방법을 제안하는 것도 좋지만 기존의 게임의 룰을 완전히 뒤집어엎을 수 있는 차별적인 제안이라면 더 좋은 평가를 받을 수 있다는 뜻이다.

작가 조지 버나드 쇼는 "성공하는 사람은 자신이 바라는 환경을 스스로 찾는 사람이며, 그것을 찾아내지 못할 때는 스스로 만들어내는 사람이다"라고 말했다. 경쟁력과 차별성이야말로 성공을 일구어낸 사람들의 중요한 키워드다.

세상을 변화시킨 사람들의 비결

세상에는 자신의 단점이나 약점을 자신만의 특별한 능력으로 변환하여 역사에 큰 족적을 남긴 사람들이 여럿 있다. 진 랜드럼은 『열정능력자』에서 마리 퀴리, 이사도라 던컨, 마가렛 미드, 아멜리아 에어하트, 토마스 에디슨, 찰스 다윈, 월트 디즈니, 알베르트 아인슈타인, 피카소 등 세상을 변화시킨 창조적 천재 40인을 대상으로 그 성공의 원동력을 탐구했다. 그들 중 대부분은 학교에서 평범한 학생이었고, 아예 적응에 실패한 케이스도 수두룩했다. 이들의 지능은 평균 정도였지만 꿈을 이루려는 의지와 호기심, 열정은 보통 사람들과 엄청나게 달랐다.

발명왕 에디슨이 받은 정식 학교 교육은 3개월이 전부였지만 그는 엄청난 경쟁력과 열정으로 늘 새로운 실험에 도전했다. 집에 들어가는 시간이 아까워 부인이 가져다주는 음식을 먹으며 연구실에서 살다시피 했다. 에디슨이 65세 때 일주일에 평균 112시간을 일했다고 하니 그의 끈기와 노력에는 혀를 내두를 지경이다. 어떤 기자가 성공보다 실패가 훨씬 많다고 핀잔을 주자 에디슨은 "내게 실패는 단순한 실패가 아니라 문제를 해결하는 하나의 방법이다. 다른 발명가들은 너무 적게 실험하고 너무 쉽게 포기한다. 나는 내가 원하는 것을 얻을 때까지 절대로 포기하지 않는다"라고 대답했다.

또 근대 무용의 전설인 이사도라 던컨도 제대로 받은 정규교육이 초등학교 5학년에 그쳤지만 독일어, 프랑스어 등 5개 언어 이상을 독학으로 익혔고 미술, 음악, 철학, 그리스 고전 등의 예술적 지식을 스스로 쌓았다. 그녀는 세계 각국의 문화를 다양하게 체험하기 위해 세계 문화의 중심지들을 돌아다녔고, 가는 곳마다 도서관에 들러 엄청난 양의 독서를 하고 미술관을 방문했다. 그 결과 그녀는 무용 수업을 따로 받은 적이 없는데도 그리스 고전을 춤으로 표현하는 등 근대 무용계에 큰 변혁을 가져온 선구자가 되었다.

새로운 판타지아의 세계를 창조한 월트 디즈니도 처음부터 만화가로서의 재능을 발휘한 예술적 천재는 아니었다. 다니던 직장에서 해고를 당한 후 창고 같은 곳에서 살며 시궁창의 쥐를 보고 미키마우스를 만들어냈고 디즈니 왕국을 건설했다.

새무얼 스마일즈의 『자조론』(국내에서는 『세상을 가질 수 있는 사람,

없는 사람』으로 출간)에도 엄청난 노력으로 가난의 굴레를 벗어나 스스로를 차별화시킨 위인의 사례가 많이 나온다.

"셰익스피어의 출신이 어떠했는지 확실히 아는 사람은 없다. 그러나 그가 미천한 집안 출신이었다는 데에는 의문의 여지가 없다. 그의 부친은 백정이자 목축업자였다. 후에 그는 학교 급사, 대금업자의 서기 등으로 일했다고 알려져 있다. 그럼에도 그는 진실로 만인의 초록 같은 사람이었다. 바다에 관해 정확히 묘사한 것을 본 항해사는 그가 뱃사람이었다고 주장하고, 성경에 정통한 그의 글을 본 성직자는 그가 어느 목사의 서기였다고 추측하며, 말 감정사는 말고기를 자세히 구분한 그의 묘사를 보고 그가 말 상인이었을 것이라고 단정하기 때문이다. (……) 그는 세밀한 연구자인 동시에 열심히 노력하는 작가였음에 틀림없고 오늘날까지도 그의 작품은 영국인의 인격 형성에 강력한 영향력을 미치고 있다. 천문학에 큰 공헌을 한 코페르니쿠스는 폴란드 빵 장수의 아들이었고, 케플러는 독일 술집 주인의 아들이었다. 프랑스의 과학자이면서 철학자였던 달랑베르는 어느 교회 계단에 버려진 사생아 출신이며, 뉴턴은 소작농의 아들, 라플라스도 빈농의 아들이었다. 이들은 모두 자신의 태생적 약점에도 불구하고 끊임없는 노력으로 돈으로도 살 수 없는 불후의 명성을 얻었다. 만약 그들이 부잣집에서 고귀한 신분으로 태어났다면 오히려 이 같은 업적을 이루는 데 더 큰 장애를 겪었을 지도 모른다."

　위대한 천재들은 세상과 타협하지 않는다. 미지 세계의 입구에 기회라는 문패를 붙이고 자신의 장점을 이용해 남들이 보기에는 무모한 도전도 서슴지 않는다. 꿈을 꿈으로만 간직하지 않는 뜨거운 행동주의자들인 것이다. 그들은 미래에 대한 확고한 비전을 가지고 있으며 자신감과 반항심으로 가득 차 있다. 보통 사람들의 눈에는 별난 괴짜처럼 보일지라도 그들은 오히려 그것을 다른 사람들과 자신을 차별화하는 포인트로 삼는다. 작금의 정형화된 교육 시스템이나 사회제도, 조직의 경직된 분위기 안에서는 싹트기 어려운 속성이다. 어떤 면에서 보면 괴짜들의 삶이 더 쉽게 주목받을 수 있다. 블루오션에서는 비교 대상이 없기 때문에 차별성은 더 쉽게 부각이 된다.

　『한비자』 '외저설 좌성' 편에 나온 일화를 보면, 빈객으로 제나라에 머물던 화공에게 왕이 "무엇이 가장 그리기가 어려운가?" 하고 묻자 그는 "개와 말이 가장 그리기 어렵습니다"라고 대답했다. "무엇이 가장 그리기 쉬운가?"라고 왕이 다시 묻자 그가 대답하길, "귀신이 가장 쉽습니다. 개와 말은 사람들이 아침저녁으로 보는 것이라 똑같이 그리는 것이 상당히 까다롭지만 귀신은 사람들이 본 적이 없는 것이므로 그리기가 쉬운 것입니다." 이것이 바로 블루오션의 게임의 룰이다.

야구선수 류현진

2012년 한화 소속이었던 프로야구선수 류현진은 280억 원이라는 거금의 포스팅(경쟁 입찰) 금액으로 미국 메이저리그에 입성했다. 포스팅 금액만 놓고 보면 아시아 출신 야구선수들 중 역대 4위이자 한국 프로야구의 가치를 10년 사이 40배나 끌어올린 액수다. 류현진은 LA 다저스와 계약기간 6년에 총 390억 원을 받는 것을 조건으로 계약서에 사인을 했다. 한국에서 야구 명문대를 졸업한 것도 아니고 한국 프로야구 리그에서 꼴찌 그룹에 속하는 한화의 류현진이 총 670억 원에 달하는 천문학적인 가치를 인정받으며 단번에 메이저리그 선발투수로 스카우트된 비결은 무엇일까? 전문가들은 류현진의 차별성을 다음과 같이 평가한다.

첫째, 그가 제구력이 뛰어난 좌완투수라는 점이다. 메이저리그에서는 좌완투수 자체가 귀한 데다 그는 스트라이크 존의 양 사이드를 원하는 대로 공략할 수 있는 직구에 뛰어난 제구력까지 갖췄다. 거기에 그는 슬라이더와 공이 아래로 뚝 떨어지는 체인지업 등 변화구까지 완벽하게 구사하니 이보다 더한 경쟁력은 없을 것이다.

둘째, 인생은 타이밍이라고 하지 않던가. 예년에 비해 시장에서 선발 로테이션을 지켜줄 좌완투수가 부족했다는 점이 류현진의 몸값을 높이는 호재가 됐다.

셋째로 류현진의 배짱과 정신력을 들 수 있다. 몇 년간 류현진은 소속팀 한화의 부진으로 승수를 쌓기가 어려웠지만 그는 좀처럼 흔들리지 않고 마운드를 지켰다. 남을 탓하기보다 늘 자신의 부족한 점을 먼저 돌아보는 성숙한 모습으로 그 시기를 버텨낸 것이다.

메이저리그 스카우터는 류현진을 두고 "표정 변화가 거의 없는 투수다. 특별히 긴장하는 모습도, 흔들리는 모습도 얼굴에 나타나지 않는다. 메이저리그에서 공을 던진다는 것은 생각 이상의 부담을 준다. 하지만 류현진은 그 고비를 잘 이겨낼 수 있을 것이라는 믿음을 갖게 한다"라고 말했다.

역도선수 장미란

2005년부터 2007년까지 세계역도선수권 3연패, 2008년 베이징 올림픽에서 금메달과 아울러 세계신기록 달성, 전국체전 10년 연속 3관왕, 2009년 고양 세계선수권대회에서 용상 부문 세계신기록 수립 등 2002년 이후 10년간 한국 여자 역도 대표 선수로서 장미란 선수가 세운 기록들은 가히 경이롭지만 여자로서 그녀의 외모는 흔히 얘기하는 여성적 매력과는 좀 거리가 있다. 체중은 110킬로그램이 넘고 얼굴은 넉넉하고 푸근한 인상이다. 그녀 스스로 "나의 장점은 편안함인 것 같다. 나도 한때 외모 때문에 스트레스를 많이 받았었다. 내가 좀 더 예쁘고 날씬했더라면 더 많은 사람이 날 좋아하지 않았을까, 하는 생각을 한 적도 있다. 하지만 언제부터인가 외모보다 운동선수로서의 꿈과 목표를 향해 최선을 다하는 모습이 가장 아름다운 것이라는 생각을 하게 되었다"라고 말했다.

장미란은 2008년 베이징 올림픽 후 『뉴욕타임스』에서 뽑은 '가장 아름다운 몸매'에 우사인 볼트 선수와 함께 나란히 뽑혔다. 그녀는 이에 대해 "부끄럽다. 역도를 하기에 좋은 몸매일 뿐이지 세상 사람들이 흔히 생각하는 미의 기준에 부합하는 것은 아니다. 역도는 힘을 쓰는 운동이라 카메라에 예쁜 모습이 잡히지 않는다. 그래서 여자 역도선수들은 시합이 중계되는 것을 정말 싫어한다. 나는 이미 그런 것을 초월했다. 그래도 비행기에서 나한테 귀엽다는 승무원도 있는 것을 보면 친근한 느낌을 주는 건 맞는 것 같다"고 했다. 사람에게 진짜 멋지다, 라는 말은 이런 때 쓰라고 있는 것이다.

내 친구, 록 기타리스트 김도균

백두산의 리더 기타리스트인 김도균은 자랑스런 내 친구이다. 그는 국내 록 기타의 대부인 신중현의 계보를 잇는 시나위의 신대철, 부활의 김태원과 함께 국내 3대 록 기타리스트 중 한 명으로 꼽힌다. 김도균은 초등학교 때부터 합주반에서 수석 리코더 주자로 선생님들의 칭찬을 독차지했고, 교내에서 독주회도 몇 번 가질 정도로 악기 연주에 재능을 보였다. 그러다가 중학교를 졸업하면서 곧장 뮤지션의 길을 걷기 시작하더니 유현상과 함께 백두산을 결성하면서 빼어난 기타 실력으로 이름을 날리기 시작했다.

김도균의 차별성은 창조력이다. 그는 여러 장르의 음악을 결합하여 자신만의 독특한 음악 세계를 개척하고 새로운 기타 연주의 장을 열었다는 평가를 받고 있다. 한때 국악에 심취해서 록의 세계에

내 친구 김도균의 차별성은 창조력이다. 그는 여러 장르의 음악을 결합하여 자신만의 독특한 음악 세계를 개척하고 새로운 기타 연주의 장을 열었다는 평가를 받고 있다. 김도균은 자신의 재능을 열정적으로 좇은 결과, 나와는 비교도 되지 않을 정도로 유명인이 되었다. 그는 세속을 초월하여 사람들의 마음을 달래는 일을 하고 있다. 나는 그의 연주를 들으며 감동하고 마음의 위안을 받는다.

국악을 접목시켜 동적 리듬을 정적인 가락에 싣는 시도를 하기도 했다. 그는 록뿐만 아니라 팝, 재즈, 리듬 앤 블루스 등 장르를 가리지 않는 다양한 음악을 두루 소화해낸다. 그리고 연주를 할 때면 검은 가죽옷을 입고 트레이드마크인 긴 머리카락을 마구 흔들어대면서 마치 마법에라도 걸린 사람처럼 혼신의 힘을 다해 열정의 에너지를 뿜어낸다. 기타에 대해 잘 모르는 사람들조차 그의 연주를 듣고 있노라면 저절로 빨려 들어가는 것 같은 흡인력을 느끼게 된다.

그와 나는 친구 사이라고 해도 전혀 다른 인생의 길을 걸어왔다. 나는 정규교육의 코스들을 하나하나 착실하게 밟아 박사 학위까지 받았고, 그는 중학교 졸업이 학력의 전부다. 사회에서 나는 모범생, 그는 반항아였다. 그러나 그는 자신의 재능을 열정적으로 좇은 결과 나와는 비교도 되지 않을 정도로 유명인이 되었다. 내가 세속적인 세계의 물질적 발전을 위한 일을 하고 있다면 그는 세속을 초월하여 사람들의 마음을 달래는 일을 하고 있다. 그는 전자공학 분야에서 이룩한 반도체, 회로 및 앰프 기술 덕분에 전자기타의 세계가 크게 발전했고 그로 인해 자기가 좋은 연주를 할 수 있게 되었다고 나에게 고마워하지만 기분이 가라앉을 때마다 그의 연주를 들으며 감동하고 마음의 위안을 받는 것을 보면 더 큰 덕을 보고 있는 건 오히려 내가 아닐까 싶다.

친화력도 경쟁력이다

P군이 나를 찾아온 것은 그의 나이가 서른이 넘었을 때였다. 박사 학위 과정에 들어오는 데 나이 제한이 있는 것은 아니지만 아무래도 서른이 넘으면 체력과 집중력이 다소 떨어지기 마련이다. 그래도 가정을 꾸리고 아이까지 둘이나 있는 처지에 회사를 그만두고 학교로 돌아오겠다는 결심이었으니 어지간히 독한 마음을 먹었구나 싶었다.

그런데 마침 그해 내 앞으로 할당된 박사과정 학생 선발권이 없어서 P군을 받아줄 수가 없었다. 그랬더니 한 학기 동안 연구실에서 인턴 생활을 하며 기다리겠다는 것이 아닌가. 그때부터 좌불안석이 된 건 바로 나였다. 혹시라도 다음 학기에 자리가 생기지 않으면 어쩌나, 이런 집념으로 공부하겠다는 학생을 만족시켜줄 만한 연구

  아침 설렘으로 집을 나서라

주제를 찾지 못하면 어쩌나, 학비 보조를 지속적으로 해줄 수 있을까, 별별 걱정이 다 드는 것이었다. 다행스럽게도 6개월 후 자리가 하나 생겼고 P군은 열심히 준비한 끝에 서울대학교 대학원 박사 학위 과정에 당당히 입학했다.

입학 후 몇 년간 P군의 재능을 관찰해본 결과 흥미로운 것을 하나 발견했다. P군은 우수한 연구 능력 외에도 남들이 갖지 못한 특별한 재능을 가지고 있었다. 그것은 열정이나 지능지수와는 또 다른 C&R^{Connection & Research}이었다. 그는 특유의 친화력과 긍정적인 사고방식으로 주위 사람들을 협력자로 만들고 여러 사람의 아이디어를 결합해 최고의 시너지 효과를 창출해냈다. 그의 재능은 본인 스스로에게보다 주위에 더 큰 영향을 미쳤고, 나중에는 P군 때문에 우리 연구실에 지망했다는 열렬 후배가 생길 정도였다.

그는 4년 후 당당히 박사 학위를 받고 미국의 명문 사립대학인 카네기멜론 대학에서 박사 후 연구원 과정을 거쳐 현재 서울시내 모 대학의 교수로 재직 중이다. 그는 남보다 특출하다고까지는 할 수 없는 연구 능력을 타인과의 네트워킹으로 보완해냈다고 할 수 있다. P군의 사례는 자신의 장점으로 약점을 보완하는 능력이야말로 경쟁력과 차별성을 높이는 데 가장 중요한 도구가 된다는 것을 보여준 좋은 경우이다.

자신과의 싸움에서 패하는 이유

내 연구실에는 박사 학위에 도전했다가 중도에 그만두거나 장기 보류 상태로 미뤄둔 학생들이 몇몇 있다. 박사 학위는 기존의 학문체계와는 다른 새로운 연구 영역이나 주제를 발굴해냈거나 기존 체계 내에서라도 이미 알려진 결과와 차별화되는, 보다 개선된 연구 결과를 생산해냈을 때 그 학문적 업적을 인정하는 증명서이다. 학문의 세계에서 살아남기 위해서도 역시 '차별성'을 증명하는 길밖에 없다. 이를 위해 기존의 연구들을 꼼꼼하게 분석하여 새로운 아이디어를 찾아내고, 그 아이디어를 수식으로 정리하고, 기존의 결과들과 비교하여 그 우월성을 입증하는 것이 이공계 분야의 연구 논문을 쓰는 기본적인 절차인데 이러한 절차의 각 단계 하나하나가 참으로 고통스러운 자기 수양의 과정이 아닐 수 없다.

그런데 여러 해 동안 공을 들여야 하는 이 자신과의 싸움에서 패하는 학생들에게는 공통점이 있다. 첫째, 그들은 박사 학위를 왜 받고자 하는지에 대한 목표의식이 약하고, 목표의식이 약하기 때문에 별로 절박하지가 않다. 둘째, 그들은 시간 관리가 허술하다. 셋째, 그들은 자신이 하는 일에 몰입하지 않는다.

이 세 가지 공통점 중에 가장 문제가 되는 것이 첫 번째다. 오만 가지 이유를 갖다대면서 박사 학위 과정을 중도에 포기하려는 학생들과 면담을 해보면 결국 문제의 원인은 정신자세와 태도에 방점을 찍게 된다. 좋은 논문을 쓰고 멋지게 졸업하고 싶으면서도 사생활을 즐길 권리를 주장하며 여유를 부리는 것이다. 그러나 세상은 그렇게 호락호락하지 않다. 원하는 것을 가질 수는 있지만 모두 가질 수는 없다. 하나를 얻으려면 하나는 포기해야 하는 것이 인생이다. 그러니 선택을 했으면 선택한 것에 집중해야 한다. 학문이라는 것이 겉으로 보기에는 고상해 보일지 몰라도 그 속내는 더없이 치열한 생존경쟁의 세계이다. 학문 연구를 업으로 삼겠다고 나설 요량이라면 '차별성'에 대한 이해는 필수이다.

무인태양광자동차경주대회의 차별성

무인태양광자동차경주대회는 기존 대회들의 개념을 뒤집는, 지금까지 전혀 보지 못한 획기적인 것이어야 했다. 무인태양광자동차를 제작하기 위해서는 기본적으로 자동차 구조, 무인자율주행, 배터리 및 모터 제어 등 적어도 세 분야의 기술이 필요하다. 공기 저항이 작고 가벼운 차체 설계, 무게중심 배분을 통한 안전성 확보, 동력 전달의 효율성, 조향 및 제동 장치 등 기본적인 자동차 구조 기술이 적용되어야 한다. 그리고 운전자 없이 자율주행이 가능하도록 주변 상황을 인식하는 센서 신호 및 데이터 처리, 위치 인식, 주행 경로 생성 등의 지능화 기술이 뒤따라야 한다. 또한 전기에너지로 필요한 동력을 발생시키기 위한 배터리 관리, 모터 제어, 전력 변환 등의 기술에 덧붙여 태양광 패널로부터 발생된 전기에너지

　아침 설렘으로 집을 나서라

를 배터리에 저장하는 태양광 발전 및 충전 기술도 추가적으로 요구된다. 전통적으로 이 세 분야는 서로 기술적 영역의 구분이 명확하다. 서로의 담장을 넘나드는 일이 거의 없었다.

선진국에서는 지능형 자동차와 친환경 자동차가 주축이 될 미래를 예상하고 기술개발의 저변을 확대한다는 차원에서 연구개발 외에 자동차 경주대회 참가, 대학 동아리 지원, 사막 랠리 등 다양한 이벤트를 하고 있다. 하지만 대부분 지능형이나 친환경, 두 가지 목표 중 하나에 집중된 것이었다. 나는 오랜 고민 끝에 이 상이한 두 개의 개념, 지능형과 친환경을 유기적으로 결합한 대회를 열기로 작정했다. 배터리에 저장된 전기에너지를 효율적으로 사용해서 무인자율주행을 실현하는 새로운 경기 방식을 고안해낸 것이다.

아무도 발을 들인 적이 없는 블루오션에서 게임의 룰을 만드는 것은 개척자의 몫이다. 무인태양광자동차경주대회에서도 룰이 필요했다. 그래서 나는 기존의 무인자동차대회에서 무인자율주행 능력을 평가하는 항목들과 태양광자동차대회에서 에너지의 효율적 관리 능력을 평가하는 항목들을 통합한 새로운 경기 규정을 만들었다.

대회는 제한된 시간 내에 얼마나 먼 거리를 달리느냐로 승자를 결정하는 장거리 부문과 정해진 길이의 장애물 코스를 얼마나 짧은 시간 안에 달리느냐로 승자를 결정하는 단거리 부문으로 나누어졌다. 이 중 단거리 부문에서는 무인자율주행 성능만 비교하며 전기에너지 사용량에 대한 특별한 제한을 두지 않았으므로 대회의 취지에 부합하는 메인 이벤트는 결국 장거리 부문이 되는 셈이었다. 장거리 부문의 주행 트랙은 직선 구간 약 1.8킬로미터, 곡선 구간 0.2킬로미터, 총 2킬로미터이다. 기록 단축을 위해서는 직선 구간을 최대한의 속도로 달려야 했다.

전기에너지 충전 기술도 경기의 중요한 요소였으므로 대회용으로 공식 지급한 배터리의 10퍼센트만 초기 배터리 용량으로 허용했다. 추가적인 태양광 에너지의 저장 없이 이 초기 용량만으로는 트랙을 한 바퀴도 다 돌지 못한다. 따라서 자동차의 속도는 배터리에 남은 전기에너지의 양을 고려해서 실시간으로 최적치를 계산해내야 했다. 직선 구간이라고 해서 마구잡이로 속도만 높이다가는 금방 배터리가 닳아버리고 만다. 승패의 관건은 에너지의 양을 적절하게 배분하며 구간마다 최적의 주행 전략을 짜는 것이었다. 초기 배터리 용량 10퍼센트의 룰은 엄격하게 적용되었다. 출발선에 진입한 모든 자동차의 배터리 전압을 일일이 측정하여 10퍼센트를 기준으로 허용 오차 범위를 넘을 경우 출전 자격을 박탈했다. 실제로 대회 당일 이 조항에 걸려 1년이 넘는 시간과 노력이 물거품이 되자 망연자실하는 학생들이 있었다.

자동차의 외형에 대해서는 태양광 패널의 크기 외에는 별다른 제약 조건을 두지 않았다. 보통의 무인자동차대회는 완성되어 있는 차를 무인자동차로 개조하는 것이 일반적이지만 무인태양광자동차 경주대회는 자동차를 스스로 만들어 누구나 참여할 수 있도록 개방했다. 그 결과 각양각색의 디자인을 자랑하는 차량들이 등장해 대회는 이색 자동차 전시장을 방불케 했다. 또한 참가자와 관계자들만 오는 것이 아니라 미국이나 호주처럼 일반인들도 자유롭게 참관할 수 있도록 문턱을 없앴더니 대회장의 분위기가 축제처럼 흥겨웠다. 대회 본선 날에는 어린이 태양광자동차경주대회, 레이싱 카트 시범경기, 무선조종 자동차 시범, 전기자동차 및 무인자동차 전시 등 각종 부대행사들이 같이 열려 300여 명 이상의 일반 관람객들이 다 함께 대회를 즐겼다.

우리는 지식이 많을수록
잘살 수 있다고 생각한다.
하지만 많이 아는 것은
꼭 필요한 몇 가지를 아는 것만도 못하다.

학자는 많은 책을 읽은 사람이다.
지식인은 무엇이 사람들의 관심사인지
아는 사람이다.
학자나 지식인이 되려 하지 말고
자기 스스로가 되어라.

교육을 못 받았다고 두려워하지 말라.

성장 속도가 더디다고 불안해하지 말라.

진정으로 두려워해야 하는 일은

알지 못하면서 아는 척하는 것이다.

ㅡ자기 스스로가 되어라; 레프 톨스토이,『살아갈 날들을 위한 공부』중에서

의미 있는 역할과
동기를 부여하라

"목표 달성에 관련된 이해 당사자들의 역할을 원만하게
정립하는 법과 이에 필요한 협상 전략은 무엇인가?"

**"이해 당사자들에게 각각 의미 있는 역할을 맡기고
명분의 공유를 통해 동기를 부여하라"**

어떤 목표 달성을 위해 일을 추진하다 보면 원하든 원하지 않든 간에 직간접적으로 인간관계(혹은 조직)에 관여하게 된다. 그 범위는 함께 일하는 동료에서부터 경쟁관계에 있는 다른 조직의 사람들, 갑을 관계에 있는 사람들, 일을 후원하거나 협찬하는 사람들까지 다양하다. 이들은 모두 어떤 형태로든 이해관계로 얽혀 있다. 특히 이해 당사자들이 관공서, 회사, 연구소, 학교 등과 같이 다양한 조직에 소속되어 있을 경우 서로 간의 역학관계는 좀 더 복잡해진다. 따라서 함께 일을 하기 위해서는 각각의 역할과 책임 범위를 분명하게 정해주어야 한다.

이 과정에서 이해 당사자들 간의 상호 관계에 따라 각자가 추구하는 명분과 실리가 무엇인지 정확히 파악하는 것이 중요하다. 상대방이 자신의 역할을 통해 기대하는 바가 무엇인지 이해해야 하며, 역할을 맡기는 쪽에서 기대하는 바가 무엇인지도 상대방에게 이해시켜야 한다.

그러나 무엇보다도 중요한 것은 명분의 공유를 통해 주어진 역할에 적극적으로 부응할 만한 동기를 부여하는 일이다. 동기부여가 제대로 되지 않는다면 역할을 맡길 수 없다. 설사 억지로 등 떠밀려 상대방이 수락하더라도 맡은 역할을 책임감 있게 수행하는 것은 기대하기가 어렵다.

애걸하지 말고 먼저 손을 내밀게 만들어라
– 유비와 제갈량의 지혜

회사처럼 조직이 잘 정비된 곳에서는 역할을 분배하는 일이 수월하겠지만 임시로 만들어진 조직의 경우는 다르다. 이해 당사자들이 저마다 내세우는 입장을 조율하며 참여를 이끌어내기 위해서는 전략이 필요하다. 자신이 처한 상황을 확실하게 이해하고 적절히 구사하는 전략이야말로 성공의 핵심 요소들을 빛나게 만들어주는 발광물질 같은 역할을 한다. 무인태양광자동차경주대회를 준비하며 내가 마음속으로 떠올린 사람은 『삼국지』의 유비와 제갈량이었다. 자오위핑이 쓴 『마음을 움직이는 승부사 제갈량』을 보면 다음과 같은 이야기가 나온다.

"유비는 관우, 장비와 도원결의를 한 후에도 중앙정권을 장악한 조조와 지방의 대호족 세력인 원소, 강동의 손권 등의 사이에 끼여

자리를 잡지 못하고 있었다. 자신이 한나라 황숙이라는 것을 내세워 여러 세력에 기대어 자립을 시도해보았지만 번번이 좌절했다. 근거지였던 번성과 형주를 잃은 뒤에는 휘하의 장군들도 조조군에 투항하고 군대도 1만 명이 채 못 되었다. 앞으로는 수십만의 조조군이 언제라도 쳐들어올 기세였고 뒤로는 장강이 가로막고 있었으나 어디에도 도움을 호소할 곳이 없었다. (……) 사회에서 자리를 잡고 일을 하기 위해서는 반드시 누군가의 도움이 필요하다. 그러기 위해서는 여러 가지 방법을 취해야 한다. 우물을 파려고 하는데 인력이 모자란다면 어떤 방법으로 이웃들을 설득하여 힘을 보태도록 할 것인가? 가장 쉬운 방법은 돈을 주고 노동력을 사는 것이다. 그러나 돈이 없다면 평소에 쌓은 이웃 간의 정에 호소하여 마음을 움직이는 방법이 있겠다. 이마저도 가능성이 없다면 세 번째 방법으로 '그림의 떡'을 내세우는 것이 있다. 우물을 다 파고 나면 너에게 절반을 주겠다고 약속하는 것이다. 그런데도 사람들이 코웃음만 친다면? 유비가 직면한 상황이 바로 그와 같은 것이었다. 돈도 없고, 정에 호소하려 해도 쌓은 정이 없고, 사후 보상을 약속해도 사람들이 믿지를 않고, 천천히 상의를 하기에는 그럴 만한 시간이 없다. 이럴 때는 어떻게 해야 하는 것일까?"

이 절체절명의 순간에 제갈량이 오나라 손권과 연맹을 결성하여 조조에 대항하자는 비책을 내놓는다. 그리고 그는 직접 손권을 찾아가 목숨을 건 담판을 벌인다. 이 장면이 『삼국지연의』에 기록되어 있는 그 유명한 '제갈량 설전군유' 편이다.

내가 정부 부처와 정부 기관, 기업들의 참여를 얻어내는 과정이 딱 유비가 겪은 것과 비슷했다. 가진 예산도 별로 없고, 내가 평소 일하던 분야와 전혀 다른 낯선 이들을 상대해야 했으며, 융합 전문 인력의 양성으로 국가 발전에 기여할 수 있는 기회라고 아무리 설득을 해봐도 세계 최초의 대회이다 보니 검증받을 길이 없는 그 결과는 미지수에 불과했다. 대회 개최일까지는 불과 6, 7개월 정도 남았을 뿐이고, 벼랑 끝에 내몰린 기분이라는 것이 이렇게 아득한 것이구나, 하는 것을 그때 뼈저리게 느꼈다.

2000년 전의 유비 역시 똑같은 기분이었을 것이다. 그래서 나는 제갈량이 썼던 방법처럼, 연구실에 앉아 전화를 돌리고 공문을 발송하는 것이 아니라 관련된 사람들을 직접 한 사람씩 찾아다니며 담판을 짓는 것으로 전략을 바꾸었다. 자오위펑은 우물 파기의 비책으로 "물이 부족하지 않은 사람들에게 도와달라고 설득하는 것은 어렵지만 물이 없어 갈증을 느끼는 사람들을 설득해 우물을 함께 파는 일은 아주 쉽다"고 했다. 즉, 일 자체는 우물을 파는 것이지만 그것을 공동의 목마름을 해결하기 위한 일로 그럴듯하게 포장해야 한다는 것이다. 그렇다면 나는 이 대회를 어떻게 포장해야 정부 부처나 기관, 기업들이 '목이 마르다'고 느끼게 만들 수 있을까?

급한 마음에 대놓고 '제가 큰 대회를 하나 치르려고 하는데 예산이 부족해서 어려운 처지이니 도움이 필요하다'고 본론부터 꺼낼 수도 있다. 그러나 이 방법이 제대로 먹힐 리가 만무하다. 유비와 제갈량도 손권의 특사로 찾아온 노숙에게 '우리가 매우 어려운 상황에 처해 있으니 이 기회에 연합을 하는 것이 어떻겠느냐'고 말하지는 않았다. 아무리 아쉬운 상황이라고는 하나 약점을 고스란히 드러낸다면 절박하게 보일 뿐이고 거절당하기 십상이다. 만의 하나 협상이 긍정적으로 진행되더라도 당초 원하던 규모의 결과를 얻어내기는 상당히 어렵다.

전략의 핵심은 상대로 하여금 '같이 한번 해보면 좋을 것 같은데 어떠신가요?'라는 말을 자발적으로 하게 만드는 것이다. 그것은 나의 제안을 상대방이 제대로 이해했으며 자신들이 취할 수 있는 이익도 발견했다는 의미이기 때문이다. 이쯤 되면 누가 누구를 일방적으로 돕는 관계가 아니라 진정한 상호 협력관계가 될 수 있다.

유비와 제갈량도 노숙과의 회담에서 계속 핵심을 비껴가며 말을 돌리자 참다못한 노숙이 먼저 나서서 어떻게 할 생각이냐고 묻는다. 유비가 "창오 태수 오거에게 의탁할 생각도 하고 있다"고 답하자 노숙은 "손권과 손을 잡는 것이 좋지 않겠느냐"고 권한다. 그러자 유비는 크게 기뻐하며 승낙한다. 이렇게 되면 '구조'가 아니라 '연합'의 차원에서 손권과 손을 잡을 수 있으며, 차후 일을 '주동'한 손권이 더 많은 책임을 지게 됨으로써 유비의 운신의 폭이 넓어질 수 있음을 의미하기 때문이다. 자오위핑은 이 일화를 소개하며 다음과 같은 교훈을 던진다.

"우리가 곤란한 상황에 직면했을 때, 그래서 다른 사람의 도움이 절실히 필요할 때, 억지로 도움을 애걸해서는 안 된다. 행복이 애걸해서 얻을 수 있는 것이 아니듯, 성공 역시 애걸하여 얻을 수 있는 것이 아니다. 유비가 그러했듯이 마음을 가라앉히고 상대의 말을 경청한 다음 상대가 자신의 곤란함을 바로 보도록 유도한 후 상대의 건의를 받아들여 그 안배에 따라 일을 도모해야 한다. 그래야 안정된 협력관계가 될 수 있다."

제갈량은 노숙과의 사전 회담 이후 손권과 본 협상을 하기 위해 호랑이굴을 제 발로 찾아갔다. 그는 손권과의 담판에서 두 가지의 태도를 고수했다. 첫 번째가 말과 표정을 부드럽게 하여 마음에 호소하는 저자세였다. 두 번째는 한 치의 양보도 없이 논리 정연하게 논쟁에 강경하게 대응하는 고자세였다. 손권도 당대의 영웅 중 한 사람이었으므로 무작정 애걸하는 것보다는 영웅과의 기 싸움에 정면으로 맞서 설복시키는 정공법이 효과적이라고 생각했을 것이다. 그래서 제갈량은 자신을 자랑할 때는 한껏 자랑하고, 상대를 깎아내릴 때는 섬뜩할 정도로 모욕을 주었으며, 이 과정에서 논리와 이치에 어긋나는 말은 한마디도 하지 않음으로써 논란의 여지를 남기지 않았다.

나는 정부 기관과 기업들을 돌아다니며 사람들을 만날 때마다 이 일화를 곱씹었다. 국내 자동차 산업 발전에 도움이 되고 실무 경험을 쌓은 IT 융합 전문 인력을 배출할 수 있는 일이므로 정부가 리더 역할에 동참해야 하지 않겠느냐는 객관적인 명분을 부각시키는 한편, 주위 사람들을 동원해 우회적으로 공감을 전파함으로써 압박감을 느끼도록 했다. 긍정적인 분위기를 이용한 일종의 마케팅 전략인 셈이었다.

결국 "같이 한번 해봅시다"라는 대답을 이끌어내는 데 성공했다. 때마침 관련 정부 부서에서 유사한 행사를 기획하고 있었다. 그 행사와 연계하여 시너지 효과를 만들어보자는 논리적 제안이 제대로 먹혀들어간 것이다. 한편 기업체와의 협상에서는 경영진과는 부드러운 어조로 심적인 공감대를 형성했다. 실무진과는 논리와 원칙을 지키는 태도로 세부 사항들을 협상하는 방법으로 원하는 결과를 얻어낼 수 있었다.

협상과 설득의 과정은 예상치 못한 복병들이 곳곳에 숨어 있는 난관의 연속이었다. 그때마다 나는 『명상록』의 글귀를 생각하며 호흡을 가다듬었다.

"설득에 의해 사람의 마음을 움직여라. 그러나 정의의 이성적 원칙이 그들의 의지에 대항하라고 지시하면 그 지시를 따르도록 하

라. 그러나 만일 누군가가 당신을 강압적으로 가로막고 방해한다면 괴로워하지 말고 스스로 물러나 그 장애물을 어떤 다른 미덕을 쌓는 기회로 삼아라. 당신의 시도는 잠정적으로 유보된 것일 뿐이지 불가능을 목표로 했던 것이 아니라는 사실을 명심하라. 목표가 무엇이었는가? 그것은 시도해보는 것이었다. 그런 면에 있어서 당신은 성공한 것이며 동시에 당신으로 하여금 시도하게 한 당신 내부의 필요불가결한 생존의 조건들도 실현된 것이다."

세상살이라는 것이 2000년의 세월을 두고도 별로 달라진 것이 없는 모양이다. 그렇게 치면 앞으로 우리의 자손들이 겪을 일도 지금 내가 겪은 일과 별반 다를 것이 없다는 얘기도 된다.

미묘한 갈등

무인태양광자동차경주대회의 관련자들은 저마다의 역할에 따라 주최, 주관, 대회 참가, 후원, 협찬 등의 그룹으로 나누어졌다. 그 역할을 정하는 것은 별로 어려운 일이 아니라고 생각하고 임의대로 하려다가 어느 순간 전혀 예상치 못했던 문제에 부딪쳤다. 그것은 황당하게도 입상자들에게 시상할 상을 결정하는 데서 불거져 나왔다.

이번 대회의 최우수상은 장관상이었다. 대한민국에서 열리는 크고 작은 수많은 대회에서 툭하면 장관상을 시상하니 장관상이란 약방의 감초처럼 행사마다 빠지지 않는 상인가 보다, 하고 생각한다면 그것은 천만의 말씀이다. 장관상은 정부가 수상 여부를 엄격한 기준으로 심사하고 승인해야 줄 수 있는 권위 있는 상이다.

이번 대회에서 우리는 정부 부처 두 군데로부터 각각 차량 제작 보조를 위한 참가팀 지원금과 대회 장소 협찬을 도움 받았다. 그런데 한 대회에서 두 개의 장관상을 줄 수는 없는 일이었다. 한쪽 부처를 택해야만 했다. 다른 한쪽 부처의 자존심에 흠집을 내는 것이 불가피한 상황이었다. 결국 대회 장소를 제공하기로 한 부처에서 장관상 수여를 하지 않기로 했다. 그뿐만 아니라 아예 대회에서 손을 떼는 것으로 결론이 났다.

그렇게 일이 수습되나 했더니 이번에는 그 부처의 산하 기관과 대회 장소를 실제로 관리 운영하는 기관 쪽에서 말썽이 생겼다. 그 산하 기관 측에서 공동 주최를 희망해와서 장관상을 수여하기로 한 부처에 의견을 물었더니 반대하고 나선 것이다. 자신들이 더 큰 역할을 담당하는 후원 부처인데 타 부처의 산하 기관이 공동 주최 기관이 되는 모양새가 아무래도 이상하다는 것이었다. 이러한 상황을 대회 장소 운영기관 쪽에 전달했더니 이번에는 또 자신들의 상급 기관인 산하 기관이 빠지면 장소를 실제로 임대해주는 자신들도 빠져야 한다는 것이다. 정부 부처와 기관들 간에 묘한 역학관계가 조성되면서 조직위원회는 난처한 입장에 빠지고 말았다. 결과적으로 그 어느 쪽과도 공동 주최는 하지 않고 모두에게 후원만 받는 것으로 매듭이 지어졌다. 도움을 준 기업들은 후원기업이 아닌 협찬기업으로 명시하는 것으로 정리가 되었다.

이 문제들을 해결하는 데 걸린 시간이 무려 두 달이었다. 처음 기대했던 것처럼 정부 부처와의 공동 주최에는 실패했지만 더 이상의 잡음이나 오해 없이 깔끔하게 정리되어 대회를 무사히 마칠 수 있었던 것이 무척 다행이었다.

이번 일을 겪으면서 내가 얻은 교훈은 상호 이해관계가 있는 집단들과 일을 함께할 때는 각 당사자들의 명분과 기대를 명확하게 파악하고, 이에 근거해서 모든 사안을 공개적으로 협의하고 끝까지 설득하는 태도를 보여주어야 한다는 것이다. 이해관계의 명분과 본질은 당사자들이 아니면 이해하기 어려운 경우가 대부분이다. 그 내용을 모르는 상태에서 중재자가 일방적으로 진행하거나 중재자 개인의 사견을 담아서 전달하게 되면 결국 문제가 생긴다. 반드시 사실에 기반을 두어 협상해야 하고, 자리에 따라 서로 다른 말을 해서는 안 된다. 무엇보다도 중요한 것은 솔직함이다. 문제의 소지가 될 것 같은 부분을 은근슬쩍 넘기게 되면 그 하나하나가 부메랑이 되어 다시 나에게 날아온다. 그래서는 결코 신뢰를 쌓을 수 없다.

정부 부처에 비해 기업들은 비교적 역할 조정이 쉬운 편이었다. 기업들이 이번 대회를 통해 얻고자 하는 바가 명료했으므로 눈치 보기 없이 가부간의 결정이 단시간 내에 이루어졌다. 고맙게도 많은 기업이 명분과 자신들의 이해를 따지지 않고 현금 및 현물을 협찬해주었다.

고맙게도 많은 기업이 명분과 자신들의 이해를 따지지 않고 현금 및 현물을 협찬해주었다. 아직도 한국 사회가 야박하지만은 않다는 신념을 다시 한 번 확인했다. 무인태양광자동차경주대회는 이런 모두의 노력이 하나하나 모여 이루어낸 결실이다.

그중에서도 국내 태양광 전문 기업 중 선두 그룹에 속하는 신성솔라에너지는 대회 개최를 위해 가장 중요한 부품 중의 하나인 솔라 패널을 무상 제공하기로 했다. 그런데 대회에서 시판 중인 제품을 그대로 사용할 수가 없었다. 패널 하나의 무게가 60킬로그램이 넘게 나갔기 때문이었다. 당시 김균섭 사장은 이 문제로 고민을 거듭하다가 해결책을 내놓았다. 솔라 패널 제작에 사용되는 실리콘 박막 솔라셀을 이어 붙여 서로 다른 사이즈의 패널을 만들고 특수코팅 처리를 하여 자동차용으로 사용할 수 있게 해준 것이다. 이를 위해 해외에서 수천만 원이 넘는 기계까지 들여다가 특수코팅 처리를 하고, 납품 시한을 맞추기 위해 야간작업까지 해서 약속한 날짜에 정확히 컨테이너 박스에 실어 보내주었다.

그 포장지를 뜯으며 얼마나 고맙고 감사한 마음이 들었는지 모른다. 대회 협찬 요청과 실무 협의를 위해 단 두 번 만난 사람과의 약속을 지키기 위해 회사의 많은 분들이 들인 노고를 생각하니 가슴이 찡했다. 아직도 한국 사회가 야박하지만은 않다는 신념을 다시한 번 확인하게 되었다. 무인태양광자동차경주대회는 이런 모두의 노력이 하나하나 모여 이루어낸 결실이다.

동기부여의 중요성 – 맥그리거의 Y이론

미국 MIT 경영대학원 교수였던 D. 맥그리거가 발표한 경영 이론 중 'X이론-Y이론'이라는 것이 있다. X이론은 인간이란 원래부터가 일하기를 싫어하기 때문에 자발적이지 못한 근로자들과 함께 기업의 목표를 달성하기 위해서는 명령과 통제, 더 나아가 상벌이 필요하다는 이론이다. 맥그리거 교수는 X이론이 가지고 있는 모순을 지적하고 이것만으로는 조직의 힘을 결집시키고 구성원의 자발적 참여를 이끌어내기 어렵다고 주장하며 Y이론을 제시했다. Y이론에서 맥그리거 교수는 인간이란 스스로 목표를 향해 나아가며 더 나아지고 싶은 기본적인 욕망을 가지고 있으므로 상벌보다 관리자의 관리 능력이 목표를 달성하게 만드는 데 더욱 중요한 요소라고 주장했다. 또한 참여자들은 더 많은 권한과 자율이 보장될

수록 더 효율적으로 일하며, 외부의 통제가 아닌 자기 통제를 할 수 있을 때 동기부여가 된다는 관용적 리더십을 강조했다. 그러나 다양화된 지식사회에서 X이론이 그 한계를 드러냈듯이 Y이론 역시 절제와 조절에 실패할 경우 다양한 문제를 초래할 수 있다. 따라서 실제 현실에서는 어느 한쪽만의 손을 들어줄 수가 없다.

우선 X이론을 무인태양광자동차대회에 적용해보자. 이번 대회는 가용 경비가 다른 유사 대회 경비의 반의반도 안 될 정도였기에 대회 우승 상금은 아예 생각조차 할 수가 없었다. 그렇다고 준비위원들이나 참가팀들이 열심히 하지 않는다고 채찍을 휘두를 만한 명분도 없었다. X이론의 핵심인 금전적 보상을 포함한 상벌이 무의미한 상황인 것이다.

그렇다면 Y이론은 어떨까. 대회 공고만 해놓고 기다리면 참가팀들이 제 발로 찾아와서 참가 신청을 하고 열심히 차를 만들어서 대회 당일 멋지게 나타나주었을까? 적절한 통제와 압박이 없었더라도 참가팀들이 조금이라도 더 완성도가 높은 차를 만들어야겠다는 책임감을 느끼도록 동기부여가 되었을까?

결국 내가 대회를 치르면서 필요했던 것은 통제적 리더십도 아니요, 자유방임형 리더십도 아닌, 적절한 동기부여를 할 수 있는 중간형 리더십이었다. 굳이 유사성을 찾는다면 피터 드러커의 '자발적 참여자' 모델이 비슷하다.

피터 드러커는 금전적 보상이나 관용적 관리, 어느 한 가지로만 동기를 부여하기에는 부족하며 참여자들이 책임의식을 느껴 자발적으로 참여하는 것이 중요하다고 주장했다. 이 자발적 참여자 모델에서 중요한 것은 리더의 역할이다. 유형적 인센티브가 부족하더라도 무형적 인센티브를 강조하며 참여자들에게 도전적 목표를 제시해 비전과 책임의식을 가지도록 만들어야 한다. 그와 동시에 참여자들이 최대한의 성과를 낼 수 있도록 돕는 봉사자가 되어야 한다.

이 새로운 형태의 리더십은 공학이라는 학문의 특성과 맞닿아 있다. 공학은 매우 목표 지향적인 학문이다. 대부분의 경우 목표는 정성적이기보다 정량적이며, 대략적이기보다 구체적이다. 따라서 공학적 측면에서 달성 가능한 목표라면 참여자들에게 충분한 동기부여 수단이 되는 것이다. 또한 공학에서는 목표 달성을 위해서라면 모든 가능한 수단들, 자연과학적 이론 및 공학적 도구들을 총동원한다. 이 과정에서 리더가 먼저 필요한 것들을 치밀하게 준비해서 제공하고 성과를 내도록 참여자들을 독려한다면 동기부여의 강도는 더욱 높아질 것이다.

정부 기관과 기업들을 돌아다니면서도 제일 먼저 받은 질문이 "얼마나 많은 사람이 참여할 것인가"였다. 이런 대회에서는 참여도야말로 성공 여부를 가늠하는 기준인 것이다. 사람들로 하여금 자발적으로 무언가를 하도록 만드는 일만큼 어려운 것은 없다. 그럼에도 불구하고 1년 6개월의 시간 동안 참가자들의 중도 포기를 최소화하며 대회를 끌고 갈 수 있도록 해준 강력한 동기부여의 수단을 다음과 같이 네 가지로 요약할 수 있다.

첫째, 세계 최초의 대회가 한국에서 열린다는 사실과 그런 대회에 출전한다는 자부심 등, 대회의 가치에 대한 비전을 함께 나누면서 완주만으로도 대단히 의미가 있는 일이라는 것을 강조해 지속적으로 용기를 불어넣어주는 것이다.

둘째, 참가팀들에게 필요한 기술교육을 세부 분야별 맞춤형으로 제공하여 전기전자, 컴퓨터, 기계, 자동차 공학 등 저마다 다른 배경지식을 가진 참가자들이 대회에 필요한 기술을 각자 알아서 해결해야 하는 불편함을 없애주었다. 해당 분야의 전문가들을 초빙하여 센서, 데이터 처리, 모터 및 배터리, 차체 제작 등 8개월 동안 총 8회의 무상교육 프로그램을 실시했다. 이것은 조직위원회 입장에서도 전문 강사진 확보와 함께 무인태양광자동차 개발을 위한 기술교육 커리큘럼의 체계를 다듬는 기회가 되었다. 대회가 끝난 뒤 참가자들은 대형 실습 프로젝트 과목 하나를 끝낸 것처럼 배운 것이 많았다는 평을 내놓았다.

셋째, 세계적인 수준의 기술 목표를 제시함으로써 참가자들의 도전의식을 고취시켰다. 이런 대회에 처음으로 참가하는 팀들에게 태양광 발전을 통해 얻은 제한적인 양의 에너지로 최대한 빠른 무인자율주행을 해내는 두 가지 기술의 결합은 상당한 고난이도의 숙제임에 틀림없다. 그러나 참가자들은 포기하지 않고 끝까지 매달렸다. Y이론에서도 지적하듯이 너무 쉽게 도달할 수 있는 목표는 오히려 동기부여의 힘을 약하게 만든다. 불가능하지는 않으나 불가능에 가까워 보이는 목표야말로 집요하게 목표 달성을 향해 달려가도록 만드는 최고의 채찍인 셈이다.

넷째, 참가팀들의 기술적 부담을 조금이나마 덜어주기 위해 자동차 제작과 주행 테스트 과정에서 세심히 배려해주었다. 각 팀별로 지급된 기본 보조금 외에도 특수 제작된 대회용 솔라 패널을 제공했다. 배터리도 LG화학에서 협찬을 받아 나누어주었다. 배터리관리시스템BMS도 조직위원회에서 일괄 제작했고 긴급 제동장치용 무선 수신기도 제공했다. 그 결과 예비심사를 통과한 11개 팀 중 중도에 포기한 팀은 단 한 팀도 없었다. 리더의 가장 큰 보람이라면 바로 이처럼 낙오자 없이 전체 무리를 이끌고 마지막 골인 지점을 통과하는 순간일 것이다.

모르는 것은
부끄러운 것이 아니다.
모르는 것을
아는 척하는 것이

부끄러운 일이다.

중요한 것은
지식의 양이 아니라 질이다.
우리는 여전히
모르는 것이 많다.

많은 책을 읽고
다 믿어버리는 것보다는
아무 책도 읽지 않는 편이 더 낫다.
책 한 권 읽지 않고서도
현명할 수 있다.
하지만 책에 쓰인 것을
다 믿는다면
바보가 되어버린다.

─ 진정한 앎; 레프 톨스토이, 『살아갈 날들을 위한 공부』 중에서

'잘 부탁합니다'의 함정을 조심하라

"어떻게 하면 일을 처리하는 과정에서
각 단계의 불확실성을 제거할 수 있을까?"

**"아무리 사소한 것이라도 직접 확인하지 못한 부분을
남겨두지 마라. 실패의 불씨가 될 수도 있다.
판단은 확인된 사실에 근거해서만 하는 것이다"**

여러 세부적 단계들로 구성된 큰 프로젝트를 성공으로 이끌기 위해서는 이 세부 단계들을 어떻게 관리하느냐가 몹시 중요하다. 모든 단계는 서로 연결고리를 가지고 있으므로 하나가 잘못되면 그 다음 단계에 영향을 미치는 도미노 효과를 가져올 수밖에 없다. 그러나 많은 경우에 우리는 하나의 단계가 만족스럽게 진행되지 않으면 서둘러 다음 단계를 동시에 진행하여 부족한 점을 만회하려고 한다. 그러나 잘될 것이라고 믿었던 부분에서 문제가 생기면 그 단계의 문제로만 끝나지 않고 전체 프로젝트가 흔들릴 수도 있다. 더욱이 각 단계에서 객관적으로 확인되지 않은 사실에 근거하여 일을 추진하게 되면 전체 프로젝트는 예측 불능의 상태에 빠지게 된다.

데카르트도 '사실'에 대해 "단 한 점의 의심도 하지 않을 정도로 확실히 이해하고 나서야 비로소 그것을 진실로 받아들이는 자세가 필요하다"고 했다. 내가 직접 확인하지 않은 사실은 불확실한 것인데도 이를 '확실한 것'으로 믿는 것은 착각이다. 프로젝트의 성공 여부는 그 '불확실성'을 얼마나 제거하느냐에 달려 있다.

A부터 Z까지 챙겨라

진나라 학자 진수가 지은 중국 역사서『삼국지』의 '제갈량' 편에 제갈량의 일처리 방식을 말해주는 흥미로운 대목이 나온다.

"건흥 원년(서기 223년), 유비의 사후 황제 자리에 오른 아들 유선은 승상인 제갈량을 무향후에 봉하고 승상부를 세워 큰일들을 처리하게 했다. 정사는 크고 작은 것을 가리지 않고 모두 제갈량이 결정했다."

또한 나관중이 지은 소설인『삼국지연의』및 정사인『삼국지』'배송지 주'에도 제갈량의 일처리 방식에 대해 알 수 있는 내용들이 나온다. 제갈량은 죽기 직전 위나라 사마의와의 전투를 위해 대군을 이끌고 오장원이라는 곳에서 6개월이 넘게 대치 중이었다. 그러나 사마의가 방어만 하고 전장에 나오지 않자 그는 사마의를 끌어내기 위해 사자를 보낸다. 흥미로운 것은 사마의가 사자에게 제갈량의 근황을 묻는 대목이다.

"승상은 새벽에 일어나고 밤늦게 잠자리에 드십니다. 스무 대 이상 매를 때리는 벌도 직접 맡아서 하십니다. 식사도 조금밖에 하지 않으십니다."

이를 들은 사마의는 부하들에게 말한다.

"공명이 먹는 것은 적고 일은 많으니 오래 살기 힘들 것 같소."

사실 제갈량이 이런 말을 들을 정도로 작은 일에까지 신경을 쓴 이유는 사소한 것이 일의 성패를 가름하기도 한다는 사실을 잘 알고 있었기 때문이다. 근본적으로 제갈량은 혹시라도 하급 관리가 매질을 잘못하여 죄수가 죽기라도 할까 봐 사소한 것 하나하나까지 살피는 인간적이고 꼼꼼한 지도자였다. 그러나 이에 대해 혹자는 지도자가 너무 사소한 일까지 챙기다 보면 더 중요한 사안을 놓치거나 건강을 해쳐서 결과적으로 일을 그르치게 된다는 주장을 펼치기도 한다. 어느 쪽이 옳은지 한마디로 잘라 말하기는 어렵다.

자오위펑이 지은 『마음을 움직이는 승부사 제갈량』에서는 리더가 가져야 할 일반적인 덕목에 대해 다음과 같이 이야기하고 있다.

"지도자는 정상이 아닌 일에 신경을 쓰고 정상적인 일에는 신경을 쓰지 않아야 하며, 예외에는 신경을 쓰고 관례적인 일에는 신경을 쓰지 않아야 한다. 정상적인 일은 아랫사람에게 관리하게 하고

관례적인 일은 제도로 관리하도록 하는 것이지 지도자가 나설 일이
아니다."

또한 리더는 사소한 일들까지 우선순위를 세워 일해야 한다고 강
조한다. 이런 면에서 제갈량은 지나치게 세밀하고 일의 경중을 따
지지 못하는 경향이 있다고 꼬집었다. 그러면서 자오위펑은 그것이
제갈량의 타고난 성격 때문이라고 주장한다. 고아로 어린 시절부터
두 동생을 부양하며 자라온 제갈량은 모든 일을 자신의 통제 하에
두어야 안심한다. 부하들의 일처리에 불만이 생기면 본인이 직접
나서야 직성이 풀리는 그런 성격이었다는 것이다. 그러나 제갈량에
게는 그 특유의 치밀함이 오히려 득이었다. 평생을 전쟁과 함께 살
아오면서도 그는 고난에 굴하지 않고 꿈을 이루기 위해 정진한 노
력가였다. 2000년이 지난 지금에도 난세의 영웅이자 위대한 책략가
로 추앙받고 있지 않은가.

기업의 성공 요인들을 분석한 마이클 레빈의 『깨진 유리창』이란
책이 한동안 사람들의 입에 오르내리며 화제가 된 적이 있다. 이 책
은 비즈니스에서 눈에 잘 보이지 않는 사소한 허점이나 서비스 과
정에서 발생하는 직원의 작은 실수가 결국 고객의 발길을 끊고 기
업을 무너뜨릴 수 있다는 경고의 메시지를 담고 있다. 멋진 레스토
랑의 지저분한 화장실, 인테리어는 너무나 근사한데 페이퍼타월이
없는 화장실 세면대, 불친절한 직원 등 이런 '깨진 유리창'은 누구

나 일상생활 속에서 쉽게 경험할 수 있는 것들이다. 저자는 이 '깨진 유리창'이 생기지 않도록 하기 위해서 작은 일에도 세심한 주의를 기울이고 미처 점검하지 못하고 지나가는 일이 없도록 확인을 습관화하도록 주문하고 있다. 최근 기업의 수장들이 저마다 내세우는 '현장경영'이라는 것도 말하자면 이 '깨진 유리창' 이론과 일맥상통하는 것이다.

그러나 리더가 A부터 Z까지 챙겨야 한다는 것이 일상적으로 일어나는 일들을 매일같이 반복적으로 점검하라는 의미는 아니다. 이미 안정화된 부분들은 아랫사람에게 맡기고 리더 자신은 아직 안정화되지 않은 부분들을 맡아 사소한 것까지 신경 쓰라는 얘기다. 리더는 큰 그림의 구도를 잡는 사람인 동시에 정밀 설계자가 되어야 한다.

경영에 있어 사소한 부분이 가지는 힘을 강조한 사례는 중국의 경영 컨설턴트 왕중추가 지은 『디테일의 힘』에서도 찾아볼 수 있다. 그는 '100-1＝0'이라는 말로 백 가지를 잘해도 한 가지를 그르치면 모든 것이 허사가 된다는 다소 과격한 주장을 편다. 직원들의 교육 및 관리 소홀로 회사가 힘들게 쌓아온 명성을 하루아침에 무너뜨리는 경우에 해당되는 이야기다. 그는 사소한 부분까지 확인하는 자세야말로 제대로 된 일하는 자세이자 습관이라고 다음과 같이 이야기한다.

"모든 사람이 작고 사소한 부분에까지 완벽할 수는 없다. 모든 고

객을 골고루 만족시키는 일도 불가능하다. 그러나 사소한 부분은 태도의 문제이다. 일을 잘 해내고 싶은 욕심, 완벽함을 추구하는 욕심이 있어야 한다. 작고 사소한 일이라고 무시한다면 결국 만회하기 힘든 타격을 입게 된다."

『한비자』'유노' 편에서도 일의 사소한 부분을 쉽게 여기지 말 것을 당부하고 있다.

"형상을 갖춘 물체 가운데 큰 것은 반드시 작은 것에서 발전해온 것이고, 오랜 시간을 지나온 사물이 수적으로 많아진 것은 반드시 작은 것에서부터 발전해온 것이다. 천하의 어려운 일은 반드시 쉬운 데서 이루어지고, 천하의 큰일은 반드시 작은 일로부터 이루어진다고 했다. 그러니 어려운 것을 도모할 때는 쉬운 것에서 시작하고, 큰일을 하고자 할 때는 작은 일에서 시작하라고 했다. 천 장이나 되는 제방도 땅강아지와 개미의 구멍 때문에 무너지고, 백 척이나 되는 집도 굴뚝 틈새의 불씨로 잿더미가 된다. 쉬운 일을 조심해 재난을 피할 것이며, 작은 것을 삼가서 큰 재앙을 멀리할 수 있다."

그러나 현실에서는 미처 생각지도 못한 사소한 부분에서 문제가 발생하는 경우가 많다. 이럴 때는 빠른 대응이 최선의 해결책이다.

무인태양광자동차경주대회를 준비하며 내가 마지막까지 미처 챙기지 못한 것이 있었으니, 그것은 바로 쓰레기 수거 문제였다. 대회가 마무리되는 그 순간까지도 나는 그 문제의 심각성에 대해 인지하지 못하고 있었다. 대회 당일 쓰레기통들은 넘쳐나는데 대회장에서 나눠준 일회용 도시락의 음식물 분리수거를 하지 않은 탓에 쓰레기 매립장으로의 반입도 불가능했다. 또한 그 상황에서 장소를 제공해준 기관 측에서 깨끗한 뒤처리를 강력하게 요구해왔다. 발등에 불이 떨어져서 허겁지겁 뒷정리를 하고 보니 쓰레기가 거의 2.5톤 트럭 한 대 분량이었다. 악취가 진동하는 쓰레기 더미 앞에서 어떻게 손을 써야 할지 엄두를 내지 못하고 있다가 어쩔 수 없이 100만 원에 가까운 돈을 들여 청소 용역업체를 불러 밤샘작업을 하고서야 간신히 쓰레기를 처리할 수 있었다.

그 과정에서 들어간 가욋돈이며 대회 운영을 맡은 사람들의 고생은 말할 필요도 없었다. 그나마 막판에 법석을 떨며 해결할 수 있었으니 다행이지 만약 모르고 그냥 철수했더라면 그야말로 나의 '깨진 유리창'이 될 뻔했던 사건이었다.

흔한 착각

식당에서 음식을 주문하고 나서 많은 사람들이 "맛있게 만들어주세요" 혹은 "많이 주세요"라는 요구를 덧붙인다. 일하는 사람들은 백이면 백, "네!" 하고 기분 좋은 대답을 날려주지만 그것은 대부분 팬 서비스에 가까운 것이다. 그렇게 부탁해놓고 나면 음식이 나오기까지 내가 기대한 대로 음식이 만들어져서 나올 것이라는 행복한 착각에 빠져 있을 수 있지만 곧 환상은 깨진다. 내가 받은 음식이 옆 테이블과 다른 나만의 '더 맛있는' 음식이 아니라는 현실을 직시하게 된다.

식당에는 식당 나름대로의 조리 시스템이 있고 주방장의 머릿속에는 변형 가능성이 별로 없는 레시피들이 매뉴얼처럼 들어 있다. 그리고 미리 중간 재료들을 만들어놓는 경우가 많아 아무리 '맛있게!'를 외쳐봐야 나오는 음식들의 맛은 별반 차이가 없다.

여러 단계로 구성된 큰 프로젝트를 할 때도 마찬가지다. 누군가에게 일처리를 부탁해놓고 결과가 잘 나올 것이라고 그냥 믿는 경우, 담당자와 통화를 하거나 만나고 나면 자동으로 일이 잘 처리될 것이라고 생각하는 경우, 담당자가 다른 부서에 일을 전달했거나 지시를 해두었다고 얘기하면 마치 일 처리가 다 된 것처럼 생각하는 경우, 이 모든 것들이 바로 '잘 부탁합니다'의 함정에 빠진 경우들이다. 이렇게 자신의 눈으로 확인하지 않은 사실의 '불확실성'을 확실한 것으로 믿어버리는 오판은 개인이나 조직에 큰 손실을 초래하기도 한다.

사람들은 '잘 부탁합니다'라는 말을 하면 무언가 일이 잘될 것처럼 느끼지만 그것으로 보장되는 것은 아무것도 없다. 그 말을 들은 상대방이 그 부탁을 꼭 이행해야 할 의무는 없다. 그럼에도 불구하고 사람들이 '잘 부탁합니다'라는 말을 해야 안심이 되는 것은 보험을 들어놓은 것 같은, 일종의 플라시보 효과에 불과하다. 자기 최면이자 희망사항일 뿐인 것이다.

긍정적 예측을 경계하라

『한비자』는 가장 냉철한 중국 고전 중 하나이다. 『한비자』의 저자인 한비는 조직을 운영하는 데 있어 일반인들이 막연히 믿고 있는 인간의 온정, 신뢰, 믿음 같은 감정적 요소들을 배제하고 객관적인 시각으로 인간의 본성과 인간관계의 속성들을 짚어나간다. 그는 누군가에게 부탁할 때 '네'라는 대답을 들었다고 해서 상대방이 내가 원하는 결과를 가져올 것이라는 생각은 착각이자 환상이라고 말한다. 또한 사람이란 자신이 처한 환경에 따라 생각과 말, 행동을 바꾸기 때문에 일방적으로 믿어서는 안 된다고 강조한다.

『한비자』 '외저설 좌하' 편을 보면 다음과 같은 고사가 나온다. 한나라 선왕이 "나의 말은 콩과 곡물을 많이 주는 데도 저리 야위어만 가니 어찌 된 일이오?"라고 물었다. 주불이 대답하기를, "말을 관리하는 벼슬아치에게 곡물을 전부 먹이도록 했다면 분명 살이 쪄야 옳을 것입니다. 군주께서는 그 실정은 살피지 않으시고 이리 앉아서 걱정만 하시니 말이 살찌지 않는 것입니다"라고 했다. 한비는 또 다른 고사에서 어떤 사람의 한 가지 면만 보고 그 사람의 전체적인 말과 행동이 다 그와 같을 것이라고 판단하는 것은 순진하기 그지없는 위험한 일이라고 지적한다. 한나라 소후가 재상 신자에게 "법도는 매우 실행하기 어려운 것이오"라고 말하자 신자는 "법이란 공을 세우면 상을 주고 능력에 따라 벼슬자리를 주는 것입니다. 지금 군주께서는 법도를 세우시고도 주위 사람들의 청탁을 들어주고 계십니다. 그러니 법도를 실행하기 어려운 것입니다"라고 했다. 그런데 바로 다음 날 어처구니없게도 신자는 소후에게 자신의 당형에게 벼슬 한 자리를 내어줄 것을 청탁한다. 이에 소후가 "그대의 청탁을 들어주고 그대의 도를 깰 것인가, 아니면 그대의 도를 써서 그대의 청탁을 깰 것인가?"라고 하자 신자는 뒤로 물러나 처벌을 청했다.

대부분의 조직에서 관리자는 조직원이 하는 '듣기 좋은 말'에 현혹되어 섣부른 판단을 하는 경우가 있다. 조직원은 처신하기 어려운 자리에서 주로 교과서적인 '바른말'을 꺼내놓고 동의하는 몸짓과 표정을 지어 보인다. 관리자가 선호하는 이 같은 반응은 조직원의 순간적인 '처세'에 불과하다. 이것을 긍정적인 '예감'으로 받아들여 일을 추진하는 것은 '잘 부탁합니다' 식의 오류에 빠지는 것과 매한가지다.

'잘 부탁합니다'의 함정

무인태양광자동차대회를 준비하면서 나 역시 '잘 부탁합니다'의 함정에 빠질 뻔했던 경험이 있다. 대회를 준비하기 위해서는 시간과 노력뿐 아니라 만만치 않은 예산이 필요했다. 특히 첫 대회인 데다 참가팀들이 대부분 학생들인 관계로 차량 제작에 대한 외부 지원금이 절실했다. 정부지원금을 신청해보기로 했지만 시작부터가 만만치 않았다. 대회와 성격이 맞는 정부 부처와 부처 내 담당부서를 찾는 데만도 적지 않은 시간이 걸렸다.

대회 자체가 무인화, 태양광 응용, 전력시스템 기술 등 융복합적인 요소가 강하다 보니 이 부서에 가면 저 부서로 가라고 하고, 저 부서에 가면 그 부서에 가보라고 하고, 그 부서에 가면 다시 저 부서로 가보라는 식이었다. 부서마다 거절하는 이유도 가지각색이었다. 태양광 관련 업무를 맡은 부서는 자동차 분야를 도와주면 선박, 비행기, 철도 등 모든 분야에 관여해야 하므로 곤란하다는 입장이었다. 심지어 한 담당자는 "교수님, 저희가 이런 사업을 도와준다고 하면 지나가는 소가 웃습니다"라며 거절하기도 했다. 외견상 가장 밀접한 관련이 있을 것 같은 자동차 관련 부서에서는 여러 차례의 회의를 거쳤는데도 차일피일 결정을 미루기만 했다.

그러는 동안 차량 제작에 난항을 겪고 있는 참가팀들의 항의도 거셌다. 마치 내가 돈주머니를 차고 있으면서 풀지 않는 것처럼 비난의 화살이 내게로 쏠렸다. 자동차 관련 부서에서 내놓은 핑계는 그들이 가진 예산이 대회 지원용으로는 사용될 수 없다는 것이었다. 그 말을 액면 그대로 믿고 낙심하던 차에 나는 그 예산이 대회 운영을 위해 쓰이지는 못하더라도 재료비로는 지원이 가능한 돈이라는 사실을 알게 되었다. 그에 덧붙여 해당 부서의 실무자가 또 다른 무인자동차경진대회를 기획 중이라 나와 이해관계가 상충되는 상황이라는 것까지 알게 되었다.

내게 명분과 본질을 꿰뚫어보는 마키아벨리적 통찰력이 있었다면 진즉에 상황을 눈치챘을 테고 석 달의 시간을 허비하는 대신 다른 전략으로 접근했을 것이다. 그런데 담당자가 하는 말만 곧이곧대로 믿고 그 본질이 무엇인지는 까맣게 모른 채 애만 태우며 시간을 흘려보낸 것이다. 눈에 보이는 태도나 말과 당사자의 숨겨진 본심을 재빨리 구분해낼 줄 아는 협상의 능력이 내게는 없다는 것이 증명되던 순간이었다.

결국 나는 두 개의 대회를 중복 지원하는 문제를 피하기 위해 우리 대회를 그 부서에서 기획한 무인자동차경진대회의 특별 프로그램에 삽입하는 쪽으로 합의를 보았다. 부서 책임자와 합의를 보고 나오며 안도감에 '잘 부탁합니다'라는 인사를 남겼다.

그러나 문제는 이것이 다가 아니었다. 담당 부서에서 예산 신청 항목에 우리 대회를 끼워 넣고 예산을 심의하는 부서로 보내 승인을 받는 절차가 아직 남아 있었다. 그 심의 과정에서 왜 이 사업을 해야 하는지를 제대로 설득하지 못하면 합의고 뭐고 말짱 도루묵이 되고 마는 것이다. 나는 당연히 실무 담당자가 성심성의껏 나를 대신하여 일을 해줄 것이라고 기대했다. 그런데 무엇이 부족한 건지 예산 심의 부서에서 계속 보류 상태로 승인이 나지 않고 있었다. 실무 담당자에게 '잘 부탁합니다'라는 말만 던져놓고 모든 일이 잘될 것이라고 착각하고 있었던 것이다. 이것이 '잘 부탁합니다'의 함정이 아니고 무엇이겠는가. 한참이 지나도 소식이 없기에 나는 실무 담당자에게 전화를 걸었고 그제야 "잘 안 되어서 미안하다"는 얘기를 듣게 되었다.

놀란 가슴을 쓸어내리며 나는 예산 심의 부처에 직접 전화를 걸고 찾아가 상세한 설명을 한 끝에 원래 계획대로 예산 승인을 받을 수가 있었다. 만약 그 시기마저 놓쳤더라면 참가팀들의 출전 포기 사태로 대회는 엉망이 되었을 것이다.

'잘 부탁합니다'의 함정을 조심해야 하는 이유는 일을 하는 사람이나 그의 능력이 못미더워서가 아니다. 서로의 생각을 전달하는 커뮤니케이션 과정이 완전하지 못하기 때문이다. 마음이 잘 통하는 사람들 사이에서도 종종 커뮤니케이션의 문제가 발생한다. 하물며 입장이 다르고 이해관계가 다른 사람들끼리라면 미리 문제가 생길 것을 가정하고 일을 시작하는 것이 오히려 문제 발생을 방지하는 역할을 해줄 것이다. 그래야 지속적으로 자신이 세운 계획이 제대로 진행되고 있는지 미리 확인하고 점검하게 되기 때문이다.

판단은 사실을 근거로 해야 하지만 그 근거가 될 사실을 확인하는 일은 쉽지 않다. 어디까지가 사실인지도 모르면서 시간에 쫓겨 빨리 마무리하고픈 조급증 때문에 성급하게 결정을 내린다면 큰 낭패를 보게 될 공산이 크다. '알겠습니다', '문의해보겠습니다', '검토해보겠습니다'라고 대답하는 사람의 진의는 알 수 없는 것이므로 그 결과를 사실로 확인할 때까지는 최종 판단을 유보하는 것이 상책이다. 중요한 결정과 연관된 사실 확인에는 좀 더 신중해져야 한다. 사실을 확인하는 데는 시간도 필요하지만 호기심, 용기, 때로는 약간의 무례함이 필요할 때도 있다. 그러나 무엇보다 중요한 것은 이것이 바른 일처리의 한 과정이라는 것을 인정하는 것이다.

의자에 앉은 채로 세상을 거느리는 리더는 없다. 직접 발로 뛰면서 사람들을 만나고, 그들의 애로사항을 듣고, 지시사항이 제대로 전달되어 이행되고 있는지 확인하는 것만이 성공의 걸림돌이 되는 불확실성을 줄이고 '잘 부탁합니다'의 함정을 피해가는 길이다.

뼈아픈 실패

나에게는 쉽게 꺼내놓기 힘든 뼈아픈 과거사가 하나 있다. 벤처붐이 일던 2000년 초에 잘 알고 지내던 지인 K씨와 S씨와 의기투합하여 약간 충동적으로 회사 하나를 차렸다. 핵심 사업 품목은 음성 인식 및 합성 기술에 기반을 둔 지능형 전화 교환 시스템이었다. K씨와 나는 기술적 부분을 담당하여 각각 음성 인식 및 합성 엔진과 지능형 교환 시스템을 개발하고, S씨는 회계와 재무, 회사 운영을 맡기로 했다.

회사 출범 후 1년이 넘게 기술개발에 매진하여 초기 제품이 조금씩 가닥이 잡히기 시작하던 찰나 상용 테스트 단계에서 문제가 터졌다. 내가 맡은 지능형 교환 시스템의 성능은 전적으로 음성 인식기의 성능에 좌우되는 것인데 음성 인식 분야에 문외한이다 보니

 아침 설렘으로 집을 나서라

K씨에게 지나치게 의지했던 것이다. 국내 최고의 전문가이니 내가 원하는 만큼의 기술의 결과를 보여줄 것이라고 믿었다. 그러나 그 것은 착각이었다. 음성 인식 기술이란 것이 원래 예스 혹은 노로 분 명하게 결과를 내주는 것이 아니라 '성공 확률 90퍼센트'와 같이 때와 장소에 따라 다른 결과를 보여주는 기술이다 보니 다양한 사 람들의 기대를 모두 만족시키기가 매우 어려웠다.

전문 기술에 대한 인식의 차이도 한몫했다. K씨는 음성 인식기의 성능을 1퍼센트만 개량해도 본인의 역할을 다한 것이라고 생각했 고, 나는 모든 사람을 만족시킬 수 있는 완벽하고 획기적인 성능 개 선을 원했다. 이 간극은 충분한 사전 준비 없이 덥석 사업에 뛰어든 따끔한 대가였다. 또한 S씨를 믿고 맡겨놓은 회사의 경영은 내가 한 번도 들여다보지 않은 사이 자본금이 줄줄 새어나가면서 부실화되 고 있었다. 결국 회사는 계속 부진의 늪을 헤매다가 얼마 후 문을 닫 고 말았다. 나는 회사에 대한 통제력을 상실함으로써 엄청난 경제 적 손실에 사람까지 잃는 이중고를 겪어야 했다.

마키아벨리는 생존에 필요한 핵심 역량을 남에게 의존하면 존중 도 받지 못하고 패망할 수도 있다고 경고했다. 그는 "어떤 군주든 자신의 군대를 가지지 못하면 안전하지 못하다. 그러한 군주국은 위기 시에 자신을 방어할 역량이 없기 때문에 전적으로 운명에 의 존해야 한다. 현명한 사람들은 항상 '자신의 무력에 근거하지 않는 권력의 명성처럼 취약하고 불안정한 것은 없다'는 격언을 마음에 새긴다. 자신의 무력이란 자국의 시민 아니면 자신의 부하들로 구성된 군대를 말하며 그 밖의 다른 모든 것들은 용병이나 원군일 뿐이다"라고 했다.

회사를 시작하고 나서 불거져 나온 지인들 간의 어설픈 연합의 허점들을 '잘 부탁한다'라는 말로 무마시키려고 했고, 막연히 기다리면 많은 문제가 누군가에 의해 저절로 해결될 것이라고 믿었던 나의 돌이킬 수 없는 실수였다.

쉴 새 없이 보다 나은 사람이 되기 위해 노력하라.
여기에 인생의 참된 의미가 포함되어 있다.
어떻게 계속해서 앞으로만 나아갈 것인가.
그것은 오직 노력에 의해서 가능하다.
노력 없이는 결코 현명한 사람이 될 수 없다.

이것은 결국 악으로부터 벗어나
착한 사람이 되기 위하여
노력이 필요하다는 것을 의미한다.

—노력; 레프 톨스토이, 『살아갈 날들을 위한 공부』 중에서

도움을 받아야 할 때는
프로를 찾아라

"결과물의 완성도를 최대한 높이려면 어떻게 해야 할까?"

**"도움 받는 것에 주저하지 말고,
 도움을 받아야 할 때는 반드시 프로를 찾아라"**

프로와 아마추어의 차이는 무엇인가? 가장 쉬운 잣대는 돈을 받느냐, 받지 않느냐일 것이다. 그렇다면 돈을 받고 일한다는 의미는 무엇인가? 그것은 돈을 지불하는 사람이 원하는 만큼의 결과물을 만들어내야 한다는 뜻이다. 그러나 돈을 받고도 아마추어 같은 결과물을 내는 사람들이 있고, 돈을 받지 않고도 프로와 같은 결과물을 내는 사람들이 있다. 결국 '프로'라고 하는 것은 목표로 한 결과물을 실패 없이 만들어낼 수 있는 능력을 가진 사람들을 말한다. 즉, 결과물의 완성도가 높은 사람들이 프로들이다.

일을 하다 보면 가끔 내 능력 밖의 문제에 부딪치는 경우가 있다. 보통은 포기를 하거나, 무리를 해서라도 계속 도전하거나, 아니면 남의 도움을 받는 것 중에 선택하게 된다. 만약 남의 도움을 받아야 할 경우, 다시 말해 비용과 기간, 숙련도 등을 고려하여 전문가의 도움이 필요하다는 결론에 도달하게 되면 주저하지 말고 '프로'를 찾아라. 많은 이들이 이럴 때 쉽게 하는 생각이 '나도 그쯤은 할 수 있겠지' 혹은 '하다 보면 어떻게든 되겠지'이다. 그러나 그렇게 혼자 힘으로 해결하려고 노력하는 시간과 들이는 비용 대비 결과물의 완성도를 고려해볼 때 안 하느니만 못한 결과를 초래할 수도 있다.

그리고 프로의 도움을 받을 적에는 비용을 아끼려고 애쓰지 마라. 싼 게 비지떡이라는 말도 있지 않은가. 시간이 좀 걸리고 삼고초려를 하는 한이 있더라도 내게 꼭 필요한 프로를 찾는다면 프로는 프로의 값을 한다.

『한비자』 '설림 하' 편에 도도라는 새가 나온다. 이 새는 머리가 무겁고 꽁지가 굽어 물을 마시려고 할 때마다 고꾸라져서 다른 새가 깃털을 물고 버텨주어야 그 사이에 물을 마실 수 있다. 사람도 혼자 물을 마시기 힘들다면 깃털을 받쳐주는 자를 찾아야 한다.

프로들의 윈윈win-win 전략

중국 역사상 외부에서 전문가를 영입해 원하는 목표를 달성해낸 최고의 팀은 아마도 유비와 제갈량이 아닐까 싶다. 유비는 전쟁에서 패하고 절체절명의 위기에서 삼고초려로 제갈량을 얻고 천하삼분 계획을 실행에 옮긴다. 그 후로도 유비는 필요할 때마다 외부 전문가들의 도움을 청하기를 주저하지 않았다. 제갈량에 버금가는 책략가인 방통, 훗날 촉나라의 중신이 된 문필가 유파 등 지역의 인재들을 영입하고 이들이 실력을 발휘할 수 있는 토대를 마련해주었다.

또한 항우를 멸하고 중국을 차지한 한나라 고조 유방도 자기보다 뛰어난 인재를 활용해 성공한 케이스다. 유방은 "내가 천하를 차지할 수 있었던 이유는 장량, 소하, 진평, 한신과 같은 하늘이 낸 걸출

 아침 설렘으로 집을 나서라

한 인재들을 부릴 수 있었기 때문이다. 작전을 짜는 데는 장량을 따를 자가 없고, 내정을 충실히 하여 민생을 안정시키고 군량을 조달하고 보급로를 확보하는 데는 소하가 으뜸이며, 백만 대군을 수족과 같이 지휘하여 승리로 이끄는 데는 한신만 한 장수가 없다"고 말했다. 전투력에 있어 유방은 항우의 적수가 되지 못했으나 항우가 혼자 고군분투하는 데 비해 유방은 뛰어난 부하들의 힘을 결집시켜 최후의 승리를 거둘 수 있었던 것이다.

하버드대 전자공학과 학생이었던 마크 주커버그가 2004년 친구 몇 명과 대학교 기숙사에서 창업한 벤처기업인 페이스북은 2013년 현재 전 세계적으로 거의 10억 명이 사용하고 있는 SNS의 대표 주자이다. 페이스북은 인간의 기본 속성인 자기 과시욕과 남의 사생활을 엿보고자 하는 본능을 절묘하게 결합해 짧은 시간 내에 폭발적인 성장세를 보였으나 수익모델이 취약했다. 페이스북은 2008년 구글에서 7년간 부사장을 지낸 셰릴 샌드버그를 최고운영책임자로 전격 영입했다.

셰릴 샌드버그는 2012년 『포브스』지가 뽑은 세계에서 가장 영향력 있는 여성 비즈니스 파워 1위에 이름을 올린 인물이다. 샌드버그는 하버드대 경제학과 교수 래리 서머스의 수제자로, 수석으로 대학을 졸업한 뒤 세계은행 수석 이코노미스트로 자리를 옮긴 서머스의 특별보좌관으로 일했고, 하버드 비즈니스 스쿨에서 MBA를 마쳤다. 서머스가 클린턴 정부의 재무장관으로 발탁되자 샌드버그는 그의 비서실장으로 취임하여 갓 서른의 여성 비서실장이라는 편견을 깨고 탁월한 업무처리 능력으로 주위를 놀라게 했다. 그 후 벤처 기업 구글로 자리를 옮겨 해외 온라인 영업 광고 홍보담당 부사장으로 구글의 검색엔진에 적합한 광고시장을 개척해 입사 1년 만에 회사 수익을 네 배 가까이 끌어올렸다.

샌드버그는 페이스북으로 자리를 옮긴 후 회사의 인사 구조를 개편하고 새로운 광고 수익모델을 개발해 1년 반 만에 페이스북을 흑자로 돌려놓았으며, 2012년 5월 페이스북의 나스닥 상장에 결정적 역할을 했다. CEO인 주커버그가 IT 전문가들로만 이루어진 페이스북에 전문 경영인의 도움이 절실하다는 것을 깨달았을 때 마침 샌드버그는 설립자의 간섭 없이 자신의 독자적 입지를 확보할 수 있는 회사를 찾고 있었다. 페이스북의 경우는 시기적으로 절묘한 때에 업계 최고의 프로들이 손을 잡아 팀을 이루면서 큰 시너지 효과를 거둔 성공 스토리다.

무인태양광자동차경주대회에서 빛난 프로들

대회를 준비하던 그때를 생각해보면 나는 참 운이 좋았던 것 같다. 프로들을 비교적 적절한 타이밍에 만날 수 있었기 때문이다. 일이란 것이 잘하려고 들면 해야 할 일이 한도 끝도 없는 법이다. 그렇지만 그냥 적당히 대충 넘기려면 어물쩍 넘어갈 수 있는 일들도 아주 많다. 이번 대회를 예로 들자면 대회 홍보 포스터 제작과 대회장 세팅, 동영상 촬영 등이 그런 일들에 속했다. 조직위원들이나 내가 어영부영 직접 해치울 수도 있을 테지만 결과는 신통치 않을 것이 불을 보듯 뻔했다. 그렇다고 예산이 넉넉해서 실력 좋고 경험 많은 전문가를 턱하니 고용할 형편도 되지 못했다.

먼저 대회 홍보 포스터 제작을 위해 늘 거래하던 인쇄소에 시안을 부탁했다. 포스터 디자인 정도야 잘하고 못하는 게 그리 티가 나지는 않을 것이라는 생각에 만만하게 본 것이었다. 그런데 웬걸 네

다섯 번이나 수정했는데도 결과가 썩 마음에 들지 않았다. 그것도 딱히 꼬집어 지적할 수 없는, 뭔가 허전하고 촌스러운 느낌이 도무지 채워지질 않는 것이었다.

그때 마침 산업디자인과 교수인 지인에게서 미대 대학원생 한 명을 소개받았는데 흔쾌히 돕겠다고 나서주었다. 역시 프로는 달랐다. 새로 나온 포스터 디자인은 무릎을 탁 치게 만들었다. 태양광을 의미하는 강렬한 노란색 바탕에 자동차경주대회를 상징하는 격자무늬 깃발이 있고 그 한가운데 대회 이미지 컷이 박혀 있었다. 실비만 주고 만든 이 포스터는 이후 홈페이지, 기념품 제작, 언론 홍보 등에 두루두루 쓰이며 대회의 얼굴 역할을 톡톡히 해주었다. 대강 때우고 보자는 식으로 만든 것과 프로의 손을 통해 마음에 들게 만든 것의 생명력에는 큰 차이가 있다는 것을 절감하게 한 일이었다.

반면에 홈페이지 제작은 초반의 오판으로 결국 실패의 오점이 되고 말았다. 이번 대회를 자신의 비즈니스와 엮어서 돈을 벌어볼 욕심을 가지고 있던 지인의 말을 믿고 홈페이지 제작비용으로 큰돈을 선지급했는데 그 지인이 계약을 맺은 홈페이지 제작업체는 검증도 되지 않은 작고 영세한 회사였다. 그가 내 앞에서 떠벌렸던 영종도 자동차 경주장 건설, 수십억 원의 대기업 후원금 유치, 유명 영화배우를 동원한 홍보 등의 약속이 모두 공수표로 판명되면서 그와의 거래는 중단되었고 홈페이지 업무는 난항의 연속이었다. 홈페이지라는 것이 개발이 완료된 뒤에도 지속적으로 정보가 업데이트되어야 의미가 있는 것인데 주최 측에서 보낸 수정 요청이나 중요 공지, 정보 게재 등이 제때 이루어지지 않는 데다 소스 프로그램에는 아예 접근도 하지 못하게 했다. 내가 직접 계약한 회사가 아니다 보니 통제권을 행사할 수도 없었다. 결국 답답한 사람이 우물을 판다고 관리비 명목으로 돈을 추가로 더 주고 우리 쪽에서 필요한 정보만 제한적으로 올릴 수 있게 합의하는 선에서 일을 마무리 지을 수밖에 없었다. 지나치게 달콤한 말에 솔깃하여 넘어간 뼈아픈 대가였다.

한편 대회장 세팅과 대회 운영을 맡았던 H사는 이벤트 회사가 아니라 자동차 레이싱 전문 회사였다. 사실 이들은 원래 무인태양광자동차경주대회에 출전 신청을 하고 6개월가량 준비를 해왔던 참가팀이었다. 그런데 예비심사를 며칠 앞두고 출전 포기를 선언했다. 개발 자금 부족과 무인기술 부족이 원인이라고 했다. 그런 그들이 대회장 세팅과 운영을 도와주겠다고 했을 때 나는 선뜻 그들의 손에 대회를 맡겼다. 이미 대회의 성격을 누구보다 잘 알고 있고 이 대회에 나만큼이나 애착과 아쉬움을 가지고 있으므로 주어진 예산 규모 안에서 최대한 멋진 대회를 만들어줄 것이라는 믿음이 있었기 때문이었다. 자동차 레이싱 전문회사다 보니 자동차경주대회의 동선을 미리 파악하여 참가팀과 관람객들의 이동거리를 근거로 시설

물을 배치하고 부스를 설치해주었다. 그리고 부대행사로 열렸던 어린이 태양광자동차경주대회, 레이싱 카트 시범경기, 무선조종 모형자동차 시범 등의 신선한 아이디어도 많이 제공해주었다. 일에 대해 책임감과 주인의식, 그리고 열정을 가지고 있었기에 가능한 일이었다.

특히 어린이 태양광자동차경주대회는 참가 신청도 일찌감치 마감이 된 데다 현장에서 준비한 태양광자동차 조립키트마저 동이 나서 준비위원들이 애를 먹었을 정도로 인기가 좋았다. 어린이 대회는 참가한 어린이와 가족들을 위해 본 대회 참가자인 대학생들이 나섰다. 직접 기술 지도와 제작을 도와주어 아주 화기애애한 분위기로 진행됐다. 이해타산이 맞아야 움직이는 다른 이벤트 회사와 일을 했더라면 이런 결과가 나왔을까 싶다. 처음 일을 맡겼을 때 H사 대표가 한 말이 기억난다.

"저희가 대회 운영을 맡기로 결정했을 때 스스로 약속한 것이 있습니다. 이런 대회를 진행해본 경험은 없지만 한번 열정을 갖고 부딪쳐보자고 했습니다. 그리고 영리만을 위해서 이 일을 하지는 않겠다고 다짐했습니다."

사실 내가 이 대회를 준비하면서 꼭 해보고 싶었던 것은 대회를 딱딱한 전문 기술 관련 행사가 아니라 누구나 참여하고 즐기는 축제로 만드는 일이었다. 유사한 미국 대회에서는 지역 주민들뿐 아니라 멀리서 대회를 보기 위해 오는 관람객들이 한데 어우러져 파티를 벌인다. 호주 대회에서는 약 일주일간 참가자들이 캠핑을 하면서 바비큐 파티를 열기도 한다.

그중에서도 나의 눈길을 끌었던 것은 참가팀들이 각자 팀별로 저마다 다른 색깔의 옷을 입고 기념 촬영을 한 단체 사진이었다. 그 장면이 너무나 인상 깊어 마음속에 내내 담아두고 있었는데 이 기회에 우리도 팀별 단체복을 한번 마련해보자는 생각에 도움을 받을 만한 곳을 물색하기 시작했다.

그때 마침 완구용 무선조종기 전문업체인 HT사와 긴급제동장치에 대한 기술 협의를 진행 중이었는데 회의 도중 별 기대 없이 단체복 얘기를 꺼내자 흔쾌히 나서주겠다고 하는 것이 아닌가. 옷과 관련된 회사도 아니고 살림의 여유도 그리 넉넉지 않은 중소기업체라 반신반의했건만 무선조종기 분야에서 세계 최고의 점유율을 확보하고 있는 저력은 거저 얻어지는 것이 아니었다. 어찌나 꼼꼼한지 11개 참가팀에 일일이 연락해서 사이즈와 수량을 파악하고 준비해준 덕에 대회 당일 모든 팀들이 서로 다른 색깔의 옷을 입고 멋진 단체 사진을 남길 수 있었다.

그 사진 한 장을 갖고 싶어서 대회를 준비했다고 해도 과언이 아닐 정도로 나에게는 커다란 의미가 있는 일이었다. 그렇게 나의 조그만 꿈이 또 하나 실현되었다.

장인과 테크니션의 차이

서울대학교 음대 작곡과 임헌정 교수는 프로 정신에 대한 이해가 뛰어난 사람이다. 그는 연습실도 없이 20명의 단원으로 부천 필하모니 오케스트라를 시작해 서울시향, KBS 교향악단에 이은 한국의 3대 오케스트라의 반열에 올려놓았다. 그리고 24년째 부천 필을 이끌어오고 있다. 부천 필의 성장 뒤에는 임 교수의 프로 정신이 있다. 임 교수는 프로 정신으로 연주하면 같은 곡이라도 지금 연주와 10분 뒤의 연주가 달라진다고 했다. 진정으로 좋은 연주를 하고 나면 연주자나 지휘자 모두 감동의 눈물을 흘린다고도 했다. 그는 한 일간지와의 인터뷰에서 프로로 성장하기 위해 필요한 것들에 대해 다음과 같이 이야기했다.

"좋은 음악을 하려면 책을 많이 읽어야 합니다. 특히 고전음악은 당대의 미술, 문학, 건축과 연관되어 있기 때문에 인문학적 소양이 필수적이에요. 인문학을 이해하면 음악을 해석하는 능력이 달라집니다. 해석이 안 되면 음악가가 아니고 그냥 '쟁이'일 뿐이에요. 말러 교향곡 8번 2부가 〈파우스트〉인데 그걸 연주하려면 『파우스트』를 읽어야 하죠. 종교개혁을 모르면 바그너 5번을 연주할 수 없는 것과 같아요. 연주자의 인품과 성장 배경도 모두 소리로 나타납니다. 그게 바로 장인과 테크니션의 차이죠."

그의 이러한 프로 정신은 오케스트라를 조직하고 운영하는 데서도 빛이 났다.

"저는 마음에서 우러나는 소리를 내게 하기 위해 늘 심포니를 민주적으로 운영하려고 노력했습니다. 단원들을 의사결정에 참여시켜왔지요. 음악적 결정은 제가 할 수밖에 없지만 그 결정에 동의하고 소리를 내는 사람은 단원들이니까요. 지휘자는 솔직해야 하고 준비를 철저히 해야 하며 단원들의 신뢰를 얻어야 합니다. 연주할 때마다 100퍼센트의 사운드를 낼 수는 없겠죠. 그렇지만 모든 구성원의 목표가 동일하고 그 목표를 갖는 과정이 탄탄하면 좋은 결과가 나옵니다. 그러려면 지휘자가 단원들의 마음을 얻어야 하죠. 그러지 않으면 기계적인 소리밖에 나오지 않습니다."

이것은 비단 오케스트라의 운영에만 적용되는 이야기가 아니다. 모든 조직의 운영이 근본적으로 똑같다. 조직의 리더는 일방적으로 명령을 내리는 사람이 아니라 신뢰를 기반으로 조직을 움직이는 지휘자가 되어야 한다. 요즘 조직은 예전과 같지 않아서 정보의 공유를 기반으로 공동의 목표 하에 각자의 역할을 충실하게 수행하는, 마치 같은 악보를 보고 각자 다른 악기를 연주하면서 하나의 곡을 완성해가는 오케스트라와 같다. 지휘자는 약한 소리와 강한 소리의 하모니를 이끌어내고, 대충 넘어가려는 게으름과 공을 혼자 독식하려는 욕심을 조율할 책임이 있다. 그런 면에서 개인적으로 프로의 의미를 진즉에 깨달은 임 교수의 높은 혜안과 장인다운 일 처리 방식을 20년 넘게 고수해오고 있는 그의 리더십이 존경스러울 뿐이다.

나는 프로 학생을 원한다

매년 대학원 신입생들이 연구실에 들어올 때마다 내가 입버릇처럼 하는 말이 있다. "이제 너희들은 프로의 세계에 첫발을 내디딘 것이다. 앞으로 생각도, 말도, 행동도 프로처럼 하기 바란다." 분위기 파악조차 제대로 안 된 신입생들에게는 뜬금없는 잔소리로 들릴지도 모르지만 각오를 단단히 하라는 의미로 던져주는 화두다.

학부 과정과 달리 대학원은 일방적이고 수동적인 교육에서 벗어나 연구에 대한 의무를 지워줌으로써 자기 주도적인 속성을 다분히 지니고 있다. 연구는 완벽함을 추구하는 프로들의 영역이다. 남들이 연구해놓은 것을 이해하는 수준이 아니라 스스로 목표 설정, 기존 결과들에 대한 장단점 파악, 시간 관리 등 모든 것을 종합적으로 해낼 수 있어야 하기 때문이다. 이런 훈계에도 불구하고 대학원 생활

  아침 설렘으로 집을 나서라

을 프로처럼 해내지 못할 뿐 아니라 잔소리를 듣는 단골이 되거나 졸업이 뒤로 밀리거나 심지어 중도에 포기하는 아쉬운 학생들도 많다. 그중에서도 가장 많이 생각나는, 프로로 키우기 위해 잔소리를 가장 많이 한 학생이 바로 '게으른 천재' P군이다.

P군은 천재급의 비상한 재능을 가졌다. 대학 입학 전부터 국제수학올림피아드에 한국 대표로 출전할 정도로 수학에 재능이 탁월했다. 그런데 문제는 게으르고 추진력이 떨어진다는 것. 대학원에 진학할 때도 동기가 불확실했고 졸업 후 진로에 대해서도 별생각이 없었다. 그래서 발을 동동 구른 건 오히려 나였다. 그 재능이 아까워 연구 분야의 전망 및 중요성, 직업 선택에 대해 많은 대화를 나누고 프로로서의 삶을 준비하도록 재촉했다. 게으름의 타성에서 벗어나도록 연구 결과를 내는 데 시한을 정해주거나 일부러 논문의 편수를 정해주기도 했다. 그 노력이 효과가 있었는지 P군은 뒤늦게 좋은 연구 결과를 많이 내고 무사히 박사 학위를 마치고 졸업했다. 그러나 이 미완성의 천재를 진정한 프로로 만드는 일은 아직도 현재진행형이다. 이 미완성의 천재가 진정한 프로가 되는 날, 세상에 더 큰 기여를 할 것을 나는 확신한다. 그것이 이미 졸업을 했는데도 P군에게 내가 잔소리를 멈출 수 없는 이유이다.

P군 못지않게 나에게 잔소리를 자주 들은 학생으로 O군도 빼놓을 수가 없다. 석사과정 학생인 O군은 발표 준비를 할 때의 자세부

터 고칠 점이 한두 가지가 아니었다. 발표라고 해봐야 두 줄, 잘하면 여섯 줄짜리 제목만 줄줄 나열한 것이 보통이었고, 준비 부족을 지적하면 이런저런 것들을 다음번 회의까지 꼭 준비하겠노라고 말만 번지르르하게 늘어놓았다. 다 같이 모여서 의견 교환과 토론을 통해 결정까지 한 번에 끝낼 수 있는 회의를 꼭 두 번 하게 만드는 주범이었다. 만약 O군이 진정한 프로라면 발표할 내용에 대한 자료 조사를 미리 하고 조사한 내용에 대한 결과 분석과 그에 따른 자신의 의견을 함께 발표해야 한다. 프로는 회의에 임하는 태도와 준비에 민감해야 한다. 준비상의 허점은 일을 시작하기도 전에 상대방에 대한 신뢰에 구멍을 내기 때문이다.

J군은 우리 연구실 내에서 일명 '용산 아저씨'로 통했다. 박학다식해서 아는 것도 많고 관심 분야도 넓어 물건 하나를 살 때도 온라인과 오프라인의 가격을 비교하고 장단점을 모두 조사한 다음에야 구입하곤 했다. 컴퓨터, 스마트폰, 카메라 등 뭐든 그에게 먼저 물어보면 가격 대비 성능에 대한 일목요연한 설명을 들을 수 있었다. 그러나 이것이 주위 사람들에게는 큰 도움이 될지언정 연구에 써야 할 귀한 시간을 잡다한 정보들을 찾고 머리에 집어넣는 데 쓰니 본인에게는 득이 될 것이 없었다. 그런데 이런 습관이 연구에까지 이어져 J군은 한 가지 주제를 진득하게 파고들지 못하고 하나가 잘 안 풀리면 금방 다른 것으로 넘어가는 식으로 이것저것 맛보기만 계속

했다. 이럴 때 지도교수는 난감해지지 않을 수 없다. 학생이 처음에 손을 댔던 연구 주제를 팽개치고 다른 주제를 해보고 싶다고 말하면 지도교수 입장에서는 기회를 줄 수밖에 없는데, 이런 일이 한두 번도 아니고 몇 번 반복되다 보면 1, 2년의 시간이 훌쩍 지나가버리고 마는 것이다. 어떤 연구 주제이든 학생에게 추천을 할 때는 나름대로 충분히 고민하고 어느 정도 성과를 낼 가능성이 보이는 것으로 선택하는 터라 성패는 학생의 집중력에 달려 있다. 결국 J군은 졸업을 유보하고 회사에 취직하는 길을 택했다. 프로의 중요한 항목인 일의 우선순위 관리를 제대로 하지 못한 탓이다. 그래도 뒤늦게 철이 들었는지 J군은 주말마다 학교에 나와 못다 한 연구에 매진하고 있다.

똑똑하고 야무진 M군이 졸업에 실패한 것은 프로의 목표의식이 얼마나 중요한지를 보여준다. M군은 국내 모 대기업의 산학장학생이었다. 일정 기간 동안 학비를 장학금으로 지급받고 그 기간이 끝나면 장학금을 지급한 기업에 자동 입사해 장학금을 받은 기간의 두 배 기간 동안 의무적으로 근무해야 한다. 학교에 남는 것보다 취업에 뜻이 있는 학생이라면 학교를 다니면서 돈을 벌 수 있는 좋은 기회이기도 하다. 그런데 M군은 막상 장학금을 받게 되자 학위에 대한 의지가 약해졌다. 학위를 받든 받지 못하든 입사는 보장된 것이니 학위 과정에 매진할 목표의식이 사라진 것이다. 나의 잔소리도 효과가 없었다. 그럭저럭 시간을 보내고 난 M군은 회사에 입사했고 그 후 다시는 학교에 나타나지 않았다.

　목표가 흔들려서 중도하차를 하게 된 것은 S군도 마찬가지였다. S군은 석박사 통합과정으로 입학한 학생으로 보통 이 과정의 학생들은 박사 학위를 목표로 시작하므로 각오가 남다르다. S군도 입학할 때만 해도 진로에 대한 고민은 없어 보였다. 그런데 한 학기가 지나자 그는 연구 주제보다 다른 일들, 예를 들어 증권과 요리 이야기 등에 더 관심을 가지게 되었다. 그렇게 취미생활에 빠져들면서 연구에 집중하지 못하다 보니 자연스럽게 성과도 부실했다. 몸은 학교에 있으면서 마음은 콩밭에 가 있었던 것이다. 결국 두 번째 학기를 마치기도 전에 그는 주식투자 자문회사에 취직했다. 그런데 학교를 떠난 지 두 달쯤 지나고 나서 S군이 나를 찾아왔다. 그리고 자퇴가 아니라 휴학 처리를 해달라고 부탁했다. 그때까지도 그가 선택한 새로운 진로에 뭔가 불안한 마음이 가시지 않는 모양이었다. 그때 나는 그의 요청을 단칼에 거절했다. 학교를 떠날 때 세상을 다 얻을 것 같던 그 용기는 다 어디로 갔느냐고 호통까지 쳐서 보냈다. 이제 와서 하는 말이지만 나는 그렇게 해서라도 S군이 새로이 선택한 길에서 프로로 독하게 성공하는 모습을 보고 싶었다. 그의 학문적 재능을 아끼던 나로서는 너무 일찍 돈을 버는 길로 들어선 것이 안타까웠지만 이왕에 시작한 일이니 성공하라는 뜻에서 더 가혹하게 대한 것이었다.

Y군은 원래 목표였던 박사 학위를 포기하고 석사 학위만 받고 학교를 떠난 경우다. Y군은 석사과정 동안 자기가 맡은 역할을 충실하게 해내는 책임감을 보여주었다. 그러나 그의 문제점은 대인관계에 대한 부정적 생각과 자기 표현력의 결핍이었다. 평소에 발표를 할 때 청중과 눈을 마주치지 못해서 항상 스크린만 보고 말을 하는가 하면 나와 개인면담을 할 때조차 눈을 마주치지 못하고 혼잣말처럼 웅얼거리며 이야기를 했다. 세상 돌아가는 일에 대한 부정적인 시각도 문제였다. 프로는 일을 할 때 긍정적이어야 한다. 그래야 자신감도 생기고 당당할 수 있으며 함께 일하는 사람들에게도 긍정적인 영향을 끼칠 수 있다. 그의 컴퓨터 프로그래밍 능력이 아까워 박사 학위까지 해볼 것을 권했지만 그는 결국 더 이상 다른 사람들과 같이 일하며 부딪치기가 싫다고 혼자 하는 일을 찾아 학교를 떠났다. 떠나기 전 마지막 면담에서 나는 그에게 사회에 나가면 자신감을 가지고 쭈뼛거리지 말고 당당하게 사람들을 대하고 행동하라고 신신당부를 했다. 다음에 만날 때는 두루 어울려 사는 법을 아는 프로로 성장해 있기를 기대해본다.

프로들의 스승, 피터 드러커

현대 경영학의 구루로 불리는 피터 드러커는 그의 저서 『프로페셔널의 조건』에서 자신의 경험을 통해 터득한 목표 실현을 위한 교훈들을 전해주고 있다. 그는 진정으로 성공한 프로란 목표 달성 능력을 지속적으로 유지해나가는 사람이라고 정의한다. 드러커가 가장 중요한 항목으로 꼽은 것은 목표와 비전의 명확한 설정이다. 젊은 시절 그를 감동시켰던 오페라 작곡가 주세페 베르디는 여든 살의 노년까지 작곡 활동을 하는 이유를 묻는 질문에 "음악가로서 나는 일생 동안 완벽을 추구해왔다. 완벽하게 작곡하려고 애썼지만 하나의 작품이 완성될 때마다 늘 아쉬움이 남았다. 그래서 나에게는 늘 한 번 더 도전할 의무가 있다고 생각한다"라고 대답했다. 드러커는 그 교훈을 인생의 길잡이로 삼았노라고 고백하며 "살아가는 동안 완벽은 언제나 나를 피해갈 테지만 나는 언제나 완벽을 추구하리라고 다짐했다"고 했다.

진정한 완벽이란 사람들의 눈에 보이는 것보다 보이지 않는 것에까지 완벽을 추구하는 마음가짐이다. 드러커는 고대 그리스의 조각가 페이디아스의 이야기를 예로 든다. 아테네 파르테논 신전의 지붕 조각을 맡은 페이디아스는 재무관이 지붕의 조각은 전면만 보이므로 후면에 대한 대금 지급은 할 수 없다는 얘기를 듣고 발끈하면서 이렇게 말한다. "당신은 틀렸어. 하늘의 신들이 보잖아."

드러커는 60년 동안 3년 혹은 4년 단위로 주제를 바꿔가며 공부를 계속했다. 새로운 주제에 대한 다양한 시각과 서로 다른 접근 방법을 배우기 위해서였다. 그리고 그는 매년 여름 2주씩 시간을 내어 지난 1년을 되돌아보며 잘한 일, 더 잘할 수 있었던 일, 잘 못한 일, 하지 못한 일로 분류하며 미래 계획을 세웠다. 또 그는 어떤 결정을 내릴 때 자신이 예측한 결과를 미리 기록해두고 9개월 후 실제 결과와 비교하는 피드백을 통해 예단의 오류를 최소화하는 법을 터득했다. 이것이 그가 강조한 지속적 학습의 관건이었다. 드러커는 평생 자신이 어떤 사람으로 기억되길 바라는가에 대해 스스로에게 질문을 던지며 살았다고 한다. 그가 가장 바랐던 그의 모습은 세상의 변화에 맞춰 변화하고, 다른 사람의 삶을 변화시킬 수 있는 사람이었다.

합격을 보장하는 면접 요령

프로처럼 책임감이 투철한 사람을 선호하는 것은 학교에서도 마찬가지다. 아직 미숙한 새싹들을 교육시켜 인재로 키워내는 역할을 하는 곳이 학교라고 하지만 그러기 위해서는 될 성 부른 싹부터 찾아내야 한다. 최근 입시에서는 그 자리에서 자신의 잠재력을 보여주는 면접의 비율이 매우 커졌다. 보통 학생들은 자기소개서에 어학연수나 동아리 활동, 회사 인턴십 등 그럴듯한 경험들을 나열해놓기는 하지만 이것만으로는 학생의 잠재력을 판단하기가 참으로 어렵다. 그래서 면접을 통해 직접 학생의 태도를 확인하는 것이다. 다음은 어떤 지원자와의 면접 내용 중 일부이다.

교수　학업 성적이 좋은 편인데 A회사에서 수행했던 인턴십을 통해 무엇을 배웠는지 얘기해보게.

학생　예. A회사에서 두 달 동안 인턴십 프로그램에 참여하면서 B라는 소프트웨어를 사용해서 C문제에 대한 컴퓨터 시뮬레이션을 수행해보았습니다.

교수　그 문제가 어떤 중요성을 가지는지 설명해볼 수 있겠나?

학생　A회사 연구소에 계시는 분이 주신 문제라서 저는 당연히 중요한 문제라고 생각하고 열심히 풀었습니다.

교수　결과가 그 회사에 어떤 도움을 주었는지 말해보게.

학생　컴퓨터 시뮬레이션 결과를 보고서로 작성해서 제출했습니다.

교수　자네가 만든 결과가 회사에서 원하는 정확한 결과라는 걸 어떻게 알 수 있나?

학생　저는 그런 내용을 토론하는 기술 미팅에 참석하지는 못했지만 나름대로 최선을 다해서 결과를 뽑아냈습니다.

교수　끝까지 최선을 다했다는 것은 회사 측 평가인가 자네 개인적 판단인가?

학생　제 판단입니다.

교수　회사에 자네가 만든 결과가 보다 도움이 될 수 있도록 하기 위해 어떻게 하면 되는지 물어본 적은 있나?

학생　없습니다. 한 번 해봤다는 데 의미를 두고 싶습니다.

교수　그래도 회사로부터 작지만 급여를 받지 않았나?

학생　예, 받기는 했지만 회사도 그 돈에 대해 큰 의미를 두지 않는 것 같았습니다.

교수　프로처럼 마무리를 잘한다는 것이 어떤 것인지 이해하는가?

학생　열심히 하는 것이 프로 정신이라고 알고 있습니다.

이쯤 되면 면접관들은 고개를 끄덕이면서도 결국 그 학생을 탈락시킨다. 합격이 되지 않은 학생은 내가 인턴십까지 해가며 열심히 준비했는데도 떨어지다니 도대체 뭘 더 어떻게 해야 하는 거냐고 좌절할 수 있다. 답은 바로 태도에 있다. 인턴에게 거창한 프로젝트를 맡겼을 리 만무한 일이므로 인턴십에서 무슨 일을 했느냐보다는 그 일을 어떻게 했느냐가 중요하다. 면접관이 듣고자 했던 말은 맡은 일을 끝까지 성실하고도 능동적으로 해냈는지에 대한 대답인데 학생은 해봤다는 데 의미를 둔다고 하니 서로 초점이 다른 얘기를 하고 있었던 셈이다. 아직은 프로가 아니지만 앞으로 누구보다 적극적인 프로가 될 수 있는 싹을 보여주었어야 한다. 사람들은 작은 일에서부터 인생이 시작된다는 진리를 간과하는 경향이 있다. 프로들은 사소한 것 하나에도 철저하다. 일에 대한 요구사항과 결과물, 활용처를 정확하게 파악해야 확실한 결과물을 낼 수 있기 때문이다. 그러한 책임감과 주인의식이 바로 프로처럼 생각하고 행동하는 기본 소양이다.

구멍가게 하나, 식당 하나를 보더라도 주인이 있는 가게와 없는 가게는 차이가 난다. 주인과 종업원이 느끼는 책임감과 주인의식이 서로 다르기 때문이다. 화장실에 붙어 있는 '휴지 한 장에 원가 5원'이라는 문구에 대해 종업원들은 사소한 것 가지고 쩨쩨하게 군다고 투덜대겠지만 주인 입장에서는 그 5원이라도 아껴보겠다는 마음인 것이다. 학교 연구실도 마찬가지다. 학생들이 공동으로 사용하는 연구실은 늘 창고 같은 분위기다. 거금을 들여 산 컴퓨터 부품들이 여기저기 굴러다니고 마구잡이로 출력한 인쇄물들이 책상 위를 뒤덮고 있다. 심지어 상장이나 트로피들도 제자리를 잡지 못하고 나뒹구는 채로 그냥 내버려두고 있다. 외부에서 연구비를 마련해와야 하는 지도교수의 입장에서는 20원짜리 프린트 용지 한 장도 아깝게 느껴지지만 학생들 입장에서는 20원짜리 종이 한 장은 20원짜리일 뿐이다. 내 경험상으로 연구실이 깨끗한 시기에는 팀원들 간의 단합도 잘되고 연구 결과도 잘 나온다. 주인의식을 가지고 주변 환경까지 신경을 쓰는 리더가 존재한다는 얘기다.

학교에서 성실한 학생들은 사회에 나가서도 성실하게 일한다. 삶의 각 단계에서 사람들이 보여주는 토막토막의 행동들은 결국 그 사람의 모든 것을 보여주는 일종의 스냅샷이다. 성공을 꿈꾸는 사람이라면 주인의식을 가져야 한다. 그 시기는 빠르면 빠를수록 좋다. 지금 내가 하고 있는 일이 진짜 나의 것이라고 생각해보라. 오늘이 마지막 날인 것처럼, 이 일이 나의 마지막 일인 것처럼, 간절한 마음으로 달려들면 성취감이 달라진다. 조직에서 살아남고 성공하는 사람들은 어떤 상황에서건 먼저 주인의식을 발휘하는 사람들이었다는 것은 내가 수많은 학생을 가르치면서 얻은 귀중한 교훈이다.

세상에는 두 종류의 사람이 있다.
먼저 생각하고
나중에 말하거나 행동하는 사람과
먼저 말이나 행동을 한 후
나중에 생각하는 사람이다.

인생의 변화는
생각의 변화와 함께 시작된다.
생각하는 방식이 바뀌는 것은
인생을 변화시키기 위한 노력보다
훨씬 더 중요하다.

새로 듣고 좋다고 여긴 생각이
사실은 전부터 알고 있는 것이기 싶다.
위대한 진리는
이미 영혼 깊숙이 자리 잡고 있기 때문이다.

— 생각의 변화; 레프 톨스토이, 『살아갈 날들을 위한 공부』 중에서

나를 알리는 데
겸손해하지 마라

"성공의 기회는 어떻게 하면 얻을 수 있을까?"

**"주변에 자신을 알리며 작은 기회들을 만들어라.
사소한 인연도 놓치지 말고 네트워크로 유지하라"**

옛말에 사람은 살면서 세 번의 기회가 찾아온다고 한다. 그런데 나는 이 말을 믿지 않는다. 기회는 일생에 세 번이 아니라 하루에도 세 번씩 찾아온다고 믿고 싶다. 그러나 그 기회란 것이 제 발로 넙죽 걸어 들어오지는 않는다. 내가 노력해서 준비한 것에 비례하여 나를 찾아오는 빈도수가 늘어난다.

도산 안창호 선생은 기회에 대해 "사람은 기회를 기다리지만 기회는 기다리는 사람에게 잡히지 않는다. 기회를 기다리는 사람이 되기 전에 기회를 잡을 수 있는 실력을 갖춰야 한다"고 했다. 준비가 되지 않으면 기회가 찾아온 줄도 모르고 그냥 스쳐가게 만든다.

미국의 거부 하워드 휴즈는 폭염 속에서 걸어가던 자신을 차에 태워주고 차비까지 챙겨준 트럭 운전사에게 1억 5000만 달러의 유산을 남겼다. 생면부지의 트럭 운전사가 유산을 바라고 그를 도와줬을 리는 없을 테니 결국 어려움에 처한 사람에게 도움의 손길을 내밀기 위해 평소 마음을 여는 노력을 했던 그에게 우연한 기회가 돌아간 셈이다.

세상에는 따로 의도하지 않았음에도 우연한 계기로 큰일이 이루어지는 경우가 수없이 많다. 영국의 작가 베이컨은 진정으로 현명한 사람들은 자신에게 주어진 것보다 더 많은 기회를 스스로 만든다고 했다. 그렇다면 기회는 어떻게 만들어야 하는 것일까? 기회를 만들고 싶다면 먼저 기회가 왔을 때 알아챌 수 있는 감각과 기회를

  아침 설렘으로 집을 나서라

붙잡을 수 있는 의지를 갖추어야 하지만, 그 전에 필요한 것은 자신을 능동적으로 알리는 일이다. 내가 먼저 마음의 문을 열고 나를 알려야 기회가 생길 틈이 만들어진다. 스스로 자신을 알리는 일이 제자랑을 늘어놓는 것 같아 겸연쩍다고 느낄 수도 있다. 그러나 이런 이유로 주저한다면 그 소극적인 태도가 기회를 막는 장애물이 된다. 세상에 자신을 알린다는 것은 그동안 내가 쏟아부은 노력을 세상에 알릴 수 있는 기회를 찾는 것이다. 그 과정이 뜻밖의 성과를 가져올 수도 있다. 그래서 우리는 매일 아침, 가슴 두근거리는 호기심을 품고 우연히 만나게 될 새로운 사람들과 새로운 일들을 기대하며 집을 나서게 되는 것이다.

위인들의 자기 홍보

천하의 책략가로 유명한 제갈량이 유비의 삼고초려를 통해 세상에 이름을 알리기 전까지 자신을 알리기 위해 숱한 노력을 했다는 것을 아는 사람은 많지 않다. 그는 유비가 자신을 찾아오도록 자기만의 경쟁력을 갈고 닦으며 인맥을 넓혀갔다. 제갈량의 명성은 뛰어난 능력과 겸손한 태도, 그리고 자신에 대한 홍보 전략의 삼박자가 맞아떨어진 결과이다.

자오위핑에 따르면 제갈량의 자기 홍보 전략은 다음과 같았다. 어릴 적 부모를 잃고 열일곱 살에 고향을 떠나 당시 인재들의 집합지였던 중원의 형주 지역으로 온 제갈량은 유명하기는커녕 동생들을 부양하기 위해 농사일을 하는 등 경제적으로 궁핍한 생활을 했다. 그 와중에도 그는 학문적 재능을 십분 활용하여 지역의 학식이

   아침 설렘으로 집을 나서라

뛰어난 이들에게 자신을 알리며 교류를 한 끝에 당시 유명한 인물이었던 사마휘와 황승언 등에 의해 추천을 받기에 이른다. 제갈량은 공부할 때에도 세세한 부분보다는 큰 줄기를 이해하려고 애썼고, 목표 역시 지방 수령 정도가 아니라 천하를 호령하는 지위로 정함으로써 주변의 고만고만한 서생들과 확연하게 비교되는 인물임을 각인시켰다. 자신의 호를 와룡이라고 지은 이유도 스스로를 용에 비유함으로써 묵직한 존재감을 부여하고자 함이었으며, 이런 노력들을 통해 그는 형주 지역에서 최고의 식견을 갖춘 인물이라는 입소문을 타게 되었다.

또한 제갈량은 어린 나이였음에도 자신이 중국 역사의 큰 인물인 관중이나 악의와 대등한 사람이라고 떠벌리고 다니며 사람들의 이목을 끌었다. 그는 각고의 노력으로 쌓아올린 인지도를 자신의 몸값을 높이는 데 사용했다. 유비의 삼고초려가 바로 그것이다. 그는 유비가 세 번째로 집을 찾아왔을 때 낮잠을 잔다는 핑계로 그를 대청마루 밑에 세 시간이나 세워두었다. 인재를 알아본 유비의 안목도 예사롭지 않지만 주어진 기회를 넙죽 받아들이는 대신 두 번의 거절로 상대의 조급증을 부채질한 다음 세 번째에야 면담을 허락하는 극적 효과로 자신의 가치를 한껏 높인 제갈량의 처세술 역시 대가의 그것답다.

『열정능력자』에서 랜드럼은 성공한 사람들과 대중의 관계를 분석하며 이것이 성공에 어떤 영향을 미치는지를 보여준다. 프랑스 작가 발자크는 "작품의 구매자를 매료시킬 방법을 모르는 작가가 글을 쓴들 무슨 소용이 있겠는가"라고 말하며 언론매체를 통해 자신의 작품을 지속적으로 홍보했다. 발명왕 토마스 에디슨은 발명 능력만큼이나 대중 매체를 다루는 능력이 뛰어났다고 한다. 새로운 발명 아이디어가 떠오르면 그는 기자회견을 자청해 개발의 막바지 단계라고 허풍을 쳐서 투자자들과 유명세를 함께 낚았다. 그와 반대로 에디슨과 동시대를 살았던 천재적 발명가 니콜라 테슬라는 세상과 담을 쌓은 채 발명에만 몰두하며 한평생을 보냈다. 그의 천재적 업적은 살아서 빛을 보지 못했고 결국에는 불행한 노후를 보내다 조용히 생을 마감해야 했다. 얼마나 훌륭한 예술작품을 만들고 얼마나 멋진 상품을 만들어내느냐보다는 어떻게 대중과 소통하고 어떻게 대중에게 나를 알리느냐가 성공의 관건인 것이다.

그러나 한편으로 자신을 알리는 일에 신중할 것을 경고하는 고서의 명언들도 많다. 1600년대 중국의 홍자성이 지은 『채근담』을 보면 겸양의 미덕을 강조한 구절들이 눈에 들어온다. 예를 들면 "군자는 마음을 하늘같이 푸르고 대낮처럼 밝게 하여 알아보지 못하는 사람이 없게 하고, 군자의 재능은 옥돌이 바위 속에 깊이 박혀 있듯 물속에 깊이 잠겨 있듯 남이 쉽게 알지 못하도록 해야 한다." 또 "참으로 청렴함에는 청렴하다는 이름조차 없고 참으로 큰 재주가 있는 사람은 별스러운 재주를 쓰지 않는다"라는 구절들이 있다. 『논어』의 '학이' 편에서도 "사람들이 자기를 알아주지 않음을 근심하지 말고 내가 다른 사람을 알지 못함을 근심하라"고 가르치며, '위령공'편에서는 "군자는 자신이 능하지 못함을 근심할 뿐 남이 자기를 알아주지 않음을 근심하지 않는다"고 적고 있다.

그런데 정말로 옛사람들은 재능을 숨기고 자신을 감추는 것이 미덕이라고 생각했을까? 그렇지는 않다. 이것은 외부의 기대에 부응할 만한 능력이 갖춰지지 않은 미숙한 상태에서 스스로를 조급하게 노출하는 것은 허풍이고 기만이니 그것을 경계하라는 의미이다. 그릇의 물이 차서 넘치는 것처럼 자연스럽게 퍼져나간 명성으로 사람들의 입소문을 타는 것이 가장 이상적인 방법이라는 말이다.

이런 사상을 구체화시킨 사람이 맹자이다. 자기애에서 이타심으로 옮겨가는 '점진적인 사랑(仁)'을 강조한 공자의 사상을 맹자는 '넘치는 사랑'이라는 개념으로 구체화했다. 맹자는 '인'을 물이 흘러가는 것에 비유하여 샘에서 솟아난 물이 가까운 웅덩이를 채우고 다시 바다로 흘러가듯이 남을 위하는 마음이 충분하면 많은 사람을 사랑할 수 있다고 가르쳤다. 이는 내공이 덜 쌓인 상태에서 인위적으로 나서서 자기를 알리려는 노력을 하기보다 물의 원천인 자기 자신을 먼저 수양하다 보면 저절로 넘치는 사랑이 실천되므로 내면의 수양을 제일로 삼으라는 뜻으로 해석할 수 있다.

나를 마케팅하는 법

나를 알리는 일이 가만히 앉아 있는데 저절로 이루어지는 것은 아니다. 일이나 만남을 통해 자신을 알리고 싶다면 목적을 달성할 수 있는 마케팅 전략이 필요하다. 자신에게 없는 것을 일부러 꾸며내는 것은 위선이지만 자신이 가지고 있는 재능을 유감없이 보여줄 수 있어야 한다. 재능 마케팅을 위해서는 포장의 기술이 중요하다.

가장 기본적인 방법으로 말하기와 글쓰기가 있다. 그중에서도 글쓰기는 유효기간이 매우 길다. 최근 한 모임에서 고등학교 선배를 다시 만났는데 그가 고등학교 시절 교내 신문에 게재했던 사투리와 방언에 대한 글이 새삼 화제에 올랐다. 30년 세월이 지났어도 사람들은 그 글을 기억하고 있었다. 자기소개서든, 보고서든, 편지든 다른 사람에게 자료를 줄 때는 한 방에 자신을 각인시킬 수 있도록 인상적으로 만들어야 한다. 충실한 내용은 기본이고 겉으로 드러나는 외형적 포맷과 스타일에도 신경을 쓰는 것이 좋다. 글자의 크기나 색상, 줄 맞추기 등이 별것 아닌 것 같지만 글의 내용의 신뢰도를 좌우할 수도 있다. 사람들은 이런 작은 것들에 공들인 흔적을 자신에 대한 배려와 정성이라고 생각하고 감동을 받는다.

말하기도 마찬가지다. 말을 많이 한다고 자신이 알려지는 것은 아니다. 오히려 말을 적게 하더라도 상대방이 듣고 싶은 말을 하는 사람이 더 깊은 인상을 준다. 자신을 알리는 말하기의 핵심은 진정성과 열정의 전달이다. 미사여구나 달변의 능력은 없더라도 자신의 열정을 제대로 전달하는 방법을 고민해야 한다. 대학원 입시 개별 면접에서 우리 연구실을 두 번 지원하여 모두 떨어졌는데도 세 번째 다시 지원을 해서 합격한 한 학생의 경우가 열정으로 합격에 성공한 경우이다. 기회만 주면 자신의 능력을 마음껏 발휘하겠노라고 진정성을 보이는 열렬한 도전자들에게 사람들은 솔깃하기 마련이다.

발표를 할 때 자료만큼이나 중요한 것이 발표 요령이다. 작고한 스티브 잡스가 새로운 제품을 들고 나올 때마다 사람들이 열광했던 이유는 바로 그의 완벽한 준비 때문이었다. 그는 신제품 발표 때마다 열 번도 넘게 리허설을 하며 강렬한 인상을 주기 위해 치밀하게 각본을 짰다. 그의 행동 하나, 말 한마디가 모두 미리 준비된 것이었다. 발표는 정성이다. 청중의 수준과 기대치를 미리 계산하여 내용을 준비하고, 발표할 때에도 말의 속도와 음량을 조절하는 노력을 기울여야 확실한 홍보 효과를 가져올 수 있다.

그리고 한 가지 더 강조하고 싶은 것은 일을 하는 데 있어서의 태도이다. 학생들에게 무언가를 지시하면 대응 방식과 반응이 가지각색이다. 일을 해가며 중간 중간 알아서 먼저 보고하는 학생이 있는가 하면, 내가 먼저 전화를 걸어 확인해야 아직 진행 중이라고 마지못해 답을 주는 학생이 있다. 누가 더 돋보일지는 굳이 말하지 않아도 알 것이다.

"피할 수 없는 일이라면 즐겨라"라는 말이 있다. 하기 싫은 일을 억지로 떠맡는 듯한 인상을 주면 그다음부터는 일을 시키기도 망설여지고 그 일의 결과에 대해서도 믿음이 생기지 않는다. '제가 한번 해보겠습니다'라고 하며 먼저 손을 드는 것이야말로 가장 강력하게 자신을 알리는 길이다. 그런 사람이 바로 자신이 가진 열정과 도전 정신을 드러낼 기회를 스스로 잡는 개척형 인간이다. 자신을 알리는 일은 신용을 쌓아가는 일과 같다. 결코 하루아침에 목표 지점에 도달할 수는 없다. 꾸준한 노력과 반복적으로 스스로를 돌아보며 부족한 점을 수정해나가는 것만이 자신을 효과적으로 마케팅하는 법을 터득하는 길이다.

용기 있는 자만이 기회를 잡는다

나를 알리는 일의 중요성으로 내가 직접 체험한 가장 극적인 사례는 20여 년 전에 일어났다. 1993년 나는 운 좋게도 미국 펜실베이니아 주립대학에서 2년 반 만에 박사 학위를 마치고, 다음 단계의 진로를 놓고 고민에 휩싸였다. 어떤 직업을 선택해야 하나, 한국으로 돌아갈까 아니면 미국에 그대로 남을까 등등 결정해야 할 문제가 많았다. 최종 목표는 한국에 돌아가 대학교수를 하는 것이었으므로 원하는 자리가 생길 때까지 당분간 미국에 체류하기로 하고 여기저기 교수자리를 알아보았지만 갓 학위를 딴 외국인을 선뜻 교수로 받아주려는 곳은 없었다. 그러던 차에 모교에서 비정년 보장 조교수를 뽑는다는 소식을 듣고 지원해서 다행히 뽑히게 되었다.

정년이 보장되는 자리가 아니었기에 연구 실적에 대한 압박은 별로 없었다. 그래도 언제 다른 대학에 지원하게 될지 알 수 없었으므로 다른 교수들과 공동 연구를 추진하거나 연구 분야를 다양화하고 실적을 쌓기 위해 노력했다. 그러다 학기가 끝난 5월쯤 학과 사무실로부터 여비가 좀 남았으니 해외 학회에 한 번 다녀오라는 연락을 받았다. 평소 가보고 싶었던 학회들을 찾다가 마침 멕시코 캔쿤에서 광소자 관련 학회가 열린다는 정보를 발견했다. 광소자 분야라면 내가 박사과정에서 전공한 네트워크 분야와 좀 거리가 있기는 해도 평소 관심이 있었고, 무엇보다 개최 장소가 세계적인 휴양 도시인 캔쿤이었기에 가보고 싶은 욕심이 생겼다. 학회 참석보다는 휴식이 필요하다는 생각에 아예 논문 발표회장에는 딱 하루만 들르기로 작정하고 캔쿤으로 향했다.

그런데 우연히 참석한 어떤 미국인 교수의 발표장에서 그가 개발했다는 초고속 광소자가 나의 눈길을 끌었다. 나는 발표를 끝내고 나가는 그를 붙들고 내 소개를 한 다음 연구 내용이 매우 흥미로웠다는 얘기를 했다. 그랬더니 그는 바로 논문을 보내줄 테니 한 번 읽어보고 관심이 있으면 학교로 찾아오라고 제안하는 것이 아닌가? 나중에 알고 보니 그는 미국의 명문사립 프린스턴 대학의 폴 프루스넬 교수였고 그 분야에 아주 명망이 높은 전문가였다. 몇 주 뒤 나는 정말로 그를 만나러 프린스턴 대학을 방문했다. 내 연구 내용도 정식으로 소개하면서 그의 연구에 접목시킬 수 있는 방안에 대해 협의했다. 그리고 이때 맺은 인연으로 몇 달 뒤 나는 프루스넬 교수 연구실 소속의 박사 후 과정 연구원으로 자리를 옮겨 2년을 지내게 되었다. 이 기간 동안 나는 새로운 분야로 연구의 범위를 확장하고, 좋은 연구 결과를 발표할 수 있었으며, 미국 과학재단에서 시행하는 박사 후 과정 펠로우십 수상자로 선발되는 영예를 누리기도 했다. 그리고 이 2년의 경력 덕에 모교인 서울대에 임용되어 후배들을 가르칠 수 있는 기회까지 얻었다.

나에게 있어서 꿈을 이룰 수 있는 계기가 되었던 그 기회는 따지고 보면 작은 용기에서 시작된 것이라고 할 수 있다. 캔쿤에서 우연히 만난 프루스넬 교수에게 먼저 다가가 인사를 하고 말을 걸었던 그 순간의 작은 용기, 잘 알지도 못하는 분야에 뛰어들어 일을 해보겠다고 작정한 무모한 용기, 그 분야를 내 전공 분야와 접목시켜 더 큰 연구를 해보겠다고 제안한 돈키호테 같은 엉뚱한 용기. 지금 돌이켜 생각해보면 연구실에서만 살다시피 해서 세상 물정 모르던 우물 안 개구리가 어디서 그런 용기가 났는지 스스로도 놀랍기만 하다. 다소 돌발적이긴 했지만 작은 용기가 가져다준 우연한 기회들이 엄청난 잠재력을 가진다는 사실만큼은 확실히 확인시켜준 경험이었다.

서양에서는 인맥을 통해서뿐만 아니라 처음 만나는 사람들과도 자연스럽게 일을 도모하는 개방적 인간관계가 지배적이라 우연한 기회가 예상치 못한 결과를 만들어낼 가능성이 더 높다. 2012년 봄, 나는 전기자동차 관련 학회에서 논문을 발표하기 위해 미국을 방문했다. 학회 참석자가 400명 안팎 정도로 규모는 그리 크지 않았지만 기조 강연들이 매우 흥미로웠다. 그중 특별히 내 관심을 끈 사람은 독일의 세계적 자동차 부품회사인 B사의 전기차 담당이사 W씨였다. 그의 발표가 끝난 뒤 나는 예전에 했던 것처럼 그에게 다가가 내 소개를 하고 연락처를 주고받았다. 몇 달이 지나고 한국에서 지능형 전기자동차 워크숍을 준비하면서 나는 미국에서 만났던 그가 생각나 용기를 내어 이메일을 보냈다. 며칠 후 답장이 오긴 했지만 전기차 사업이 제자리걸음인 한국에서 열리는 워크숍에 왜 본인이 참석해야 하는지 이유를 알려달라는 내용이었다. 뜻밖의 답장에 당황하면서도 나는 그에게 워크숍에 참석해야 하는 이유를 조목조목 적어 보냈다.

첫째, 현재 한국에서의 전기차 사업은 저조하지만 해외 동향을 좇아 수년 내에 활성화될 것으로 기대한다. 전기차 연구개발에 한국 정부도 상당한 연구개발비를 투입하고 있으며 초기 시장 형성에 영향력을 미칠 것으로 예상한다. 둘째, 워크숍에 참석할 예정인 한국 내 주요 회사의 임직원들과 만나 새로운 비즈니스를 창출할 수 있다. 셋째, 지능형 전기자동차 워크숍은 해마다 4년째 개최해오고 있으며 한국 내에서는 매년 200명이 넘는 각계각층 전문가들이 참

　아침 설렘으로 집을 나서라

석하는 주요 행사이다. 넷째, 한국을 방문해본 적이 없다면 연말연시에 한국에서 휴가를 보내는 것도 좋은 계획일 것이다.

내가 제시한 명분을 본 후 그는 흔쾌히 참석하겠노라는 답장을 보내왔다. 그런데 몇 주 후에 문제가 생겼다. W씨가 한국에 오기 직전 참석 예정이었던 파리에서의 행사 스케줄에 차질이 생기는 바람에 자기 대신 다른 직원이 발표를 하면 안 되겠느냐는 양해의 편지를 보내온 것이다. 약속을 못 지키게 된 것이 미안했던지 대리발표자와 발표 내용 조정을 위해 B사의 한국 담당 직원을 직접 나에게 보냈다. 다행히 회의는 약 1시간 만에 마무리가 되었고 먼 길을 온 그 직원을 그냥 보내기가 섭섭해서 나는 예의상 우리 연구실에서 수행하고 있는 연구 내용에 대해 개략적으로 소개했다.

그런데 그가 예상치 못했던 관심을 보이며 B사의 외부 협력 프로그램에 대해 설명하고 우리 학생들의 방문 연구를 추천하는 것이 아닌가. 나도 흔쾌히 향후 인턴 프로그램에 우리 연구실 학생들의 참여를 추천하기로 했다. 그 후 B사와의 관계는 지속적으로 이어지고 있으며 학생들에게도 새로운 취업의 기회를 열어준 셈이 되었다. 따지고 보면 이 일의 시작 역시 미국에서 W씨를 만났을 때 내가 먼저 다가가 내 소개를 하고 연락처를 교환한 작은 용기에서 비롯되었다.

기회의 생명력은 시한부

기회가 주어졌을 때 우물쭈물 주저하다가 영영 놓쳐버리는 경우를 종종 본다. 기회는 주차장의 주차할 자리를 찾는 일과 유사하다. 주차장에 진입하는 순간 빈자리를 발견한 사람들은 대부분 '운이 좋네'라는 생각과 함께 그 자리에 주차할 경우의 득과 실을 재빨리 따져본다. 건물 출입구까지 한참 걸어야 하는 먼 거리라면 주춤거리다가 좀 더 들어가면 좋은 자리가 나겠지 하는 생각에 첫 기회를 포기한다. 결국 다른 자리를 못 찾고 허겁지겁 되돌아오지만 이미 그 빈자리는 누군가의 차지가 되어버린 후다. 기회도 마찬가지다. 우유부단하게 결정을 못 내리고 있는 사이 기회는 다른 누군가의 차지가 된다.

고대의 철학자 소크라테스도 제자들에게 기회의 시한성을 강조했다. 그는 성공의 비결을 묻는 제자들을 넓은 보리밭으로 데리고 나간 후 다음과 같이 말했다.

"이 보리밭의 끝까지 가면서 가장 크고 잘 익은 보리알을 따오너라. 단, 밭고랑은 단 한 번만 지나갈 수 있다는 걸 명심해야 한다."

제자들은 이 말이 떨어지기 무섭게 보리밭으로 뛰어들어 보리이삭을 살피기 시작했다. 그러나 다시 출발 지점으로 돌아온 제자들 중에 정작 보리알을 쥐고 있는 이는 몇 되지 않고 나머지는 다 빈손이었다. 제자들은 이구동성으로 밭고랑 초입에 보았던 보리알이 꽤 큰 것이었는데 따지 못했다고 아쉬워하며 그보다 더 큰 것을 찾다 보니 어느새 밭이 끝나 있더라고 했다. 그때 소크라테스가 말했다.

"기회란 바로 그런 것이다. 내가 생각한 것이 옳다는 판단이 들면 즉시 추진하는 데 집중해야 한다. 머뭇거리거나 욕심을 부리면 이룰 수 있는 것이 없다."

현재 내가 가지고 있는 답이 과연 최상의 것인지 판단하는 것은 매우 어려운 문제이다. 미래를 알 수 없기 때문이다. 공학 분야에서 즐겨 사용하는 최적화기법이라는 최신 수학 이론을 아무리 동원해도 우리가 할 수 있는 일은 제한적이다. 미래에 일어날 수 있는 몇 가지 상황을 가정하고, 그 가정 속에서 얻은 몇 개의 답들 중 가장 최상의 답을 고르는 것이다. 어느 정도 외부 환경의 변화를 수용할 수 있도록 미리 여유분을 반영할 수도 있지만 어디까지나 이론적으로 가능한 일일 뿐이다. 한 치 앞을 알 수 없는 상황에서 확신이 서지 않는 기회를 잡을 것인가 말 것인가, 참으로 불안할 수밖에 없다.

이 고민에 대해 완벽하지는 않아도 걱정을 덜어줄 만한 해결책은 있다. 바로 작은 실패를 한 번 맛보라는 것이다. 실패하고 싶지 않아서 결정을 망설이는 사람에게 실패를 해보라니, 이게 웬 뜬금없는 해결책인가 할 수도 있다. 그러나 이 해결책의 핵심은 대세에 지장이 없을 만한 작은 실패를 통해 연습하고 학습하라는 것이다. 한 번 실패하고 나면 밭고랑을 지나가며 봤던 보리이삭의 평균 크기를 짐작할 수 있다. 그러면 그다음 번 시도에서 적어도 평균 이상은 할 수 있다. 배움의 가능성이 있다면 실패를 두려워할 필요가 없다. 누구에게나 한 번의 실패쯤은 연습으로 여길 수 있는 여유가 있다. 실패에 지나치게 얽매여 심리적으로 위축되기보다는 오히려 실패를 가치 있게 활용하면 된다. 실패는 성공으로 가는 하나의 과정이며, 포기만 하지 않는다면 얼마든지 만회할 기회가 온다.

무인태양광자동차경주대회라는
기회의 의미

솔직하게 말하자면, 무인태양광자동차경주대회를 시작하게 된 가장 큰 동기는 스스로 몰입할 수 있는 대상을 만들어보고 싶다는 내 속의 열망 때문이었다. 나는 혼신의 힘을 다해 목표를 달성하는 그 쾌감을 한번 느껴보고 싶었다. 누군가 차려놓은 밥상에 숟가락만 들고 앉는 그런 시시한 짓 말고 온 영혼이 초조함에 타들어가고 절박함에 입술이 바짝 마르면서도 목표를 향해 한 걸음 한 걸음 다가가는, 그런 창조의 과정과 보람을 맛보고 싶었다. 또한 몇 년을 줄기차게 매달려야 끝을 볼 수 있는 그런 도전적 목표를 통해 내가 한 단계 더 성장할 수 있기를 바랐다. 주위 사람들은 고생을 사서 한다고 놀렸지만, 나서서 일을 만드는 데 큰 거부감이 없는 나의 천성이야말로 타고난 축복이 아니고 무엇인가? 그런 피 끓는 열정이 부족하다고 일부러 돈과 시간을 들여 배우러 다니는 세상인데 부모님에게 물려받은 유전자가 그러하다면 금수저를 물고 태어나는 행운이 부럽지 않다.

일단 저지르고 봐야 한다. 그래서 저질렀다. 날짜와 대회의 콘셉트를 정하고 대회 포스터를 만들어 전국 대학과 기업에 쫙 뿌렸다. 인터넷 광고를 통해 대학과 기업의 자동차 관련 연구자들에게 메일도 돌렸다. 인지도와 참여도를 높이기 위해 사람을 만나는 자리마다 광고지를 들고 나가 대회를 알렸다. 아직 실체도 확실치 않은 대회를 열겠다고 그렇게 저지르고 다니다 보니 자연스럽게 뒷수습에 대한 압박감이 커졌다. 공개적인 선언이란 결국 대중과의 약속인 셈이다. 그러니 나는 그 약속을 지키기 위해서라도 '돌격, 앞으로!'를 외치며 전진할 수밖에 없었다. 남들 앞에서는 '내가 미쳤지'라며 호들갑을 떨었지만 내심으로는 콧노래를 부르고 있었다. 열정을 쏟아부을 대상이 생겼기 때문이었다. 대회의 인지도가 높아질수록 내 마음의 동력 레벨도 함께 높아졌다.

기회를 만들어내는 중요한 요소 중 하나가 절박함이다. 어떤 때는 미노타우르스의 미궁에 갇혀 출구를 찾는 테세우스가 된 기분도 들고, 어떤 때는 망망대해를 헤쳐 나가는 인도 청년 파이가 된 기분이 들기도 했지만, 어쨌든 나는 그 난국을 헤쳐나가는 것밖에 다른 길이 없었으므로 스스로 기회를 만들어낼 수밖에 없었다.

사람은 닥치면 무슨 짓이든 하게 되어 있다. 기업들을 찾아다니고 도움을 줄 만한 사람들을 만나면서 발버둥을 치다 보니 제 발로 걸어 들어오는 기회들도 생겨나기 시작했다. 기대하지 않았던 후원이나 협찬들이 추가로 성사되기도 했다. 물론 기회를 만들기 위한 시도들이 모두 성공한 것은 아니었다. 그러나 실패에서 교훈을 얻고 상대방의 사정을 이해하기도 하면서 경험의 폭이 넓어져갔다. 목표를 달성하기 위해 나만의 전략을 짜고 실험을 해보기도 했다. 이런 기회가 아니면 언제 해볼 수 있는 일이란 말인가?

대회는 끝났지만 이번 기회를 통해 쌓은 경험과 휴먼 네트워크는 앞으로 또 다른 기회를 만드는 데 든든한 디딤돌이 되어줄 것이다. 이런 결과물은 스스로 기회를 만들어본 자만이 챙길 수 있는 보상이다. 경험에 대해 쇼펜하우어는 이렇게 말했다.

"좌절을 경험한 사람은 자신만의 역사를 갖고 인생을 볼 수 있는 지혜를 얻는 길로 들어선다. 강을 거슬러서 헤엄치는 사람만이 물살의 세기를 알 수 있다."

우리가 진정으로 사는 것은 현재뿐이다.
우리에게는 과거를 기억하는 능력과
미래를 상상하는 능력이 있다.
하지만 이것은 현재의 일을 잘하기 위해서

주어진 것이다.

인간의 성스러운 영적 부분은
현재에 그 모습을 드러낸다.
그래서 나는 진정한 삶은
바로 현재에 있다고 생각한다.

현재에 살아야 한다.
현재야말로 진정으로 우리에게 속한 전부이다.

— 우리에게 속한 전부; 레프 톨스토이, 『살아갈 날들을 위한 공부』 중에서

내가 이 대회를 준비하면서 꼭 해보고 싶었던 것은 대회를 딱딱한 전문 기술 관련 행사가 아니라 누구나 참여하고 즐기는 축제로 만드는 일이었다. 유사한 외국 대회에서 나의 눈길을 끌었던 것은 참가팀들이 각자 팀별로 저마다 다른 색깔의 옷을 입고 기념 촬영을 한 단체 사진이었는데, 나의 조그만 꿈이 또 하나 실현되었다.

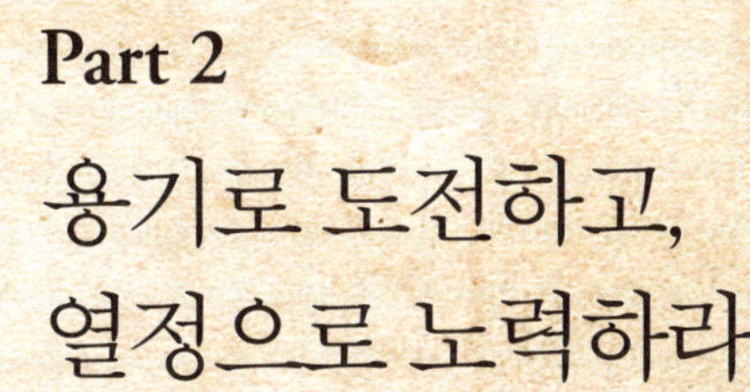

Part 2

용기로 도전하고,
열정으로 노력하라

　　도덕 교과서나 성서, 불경을 통해 이상적인 사회만 접하다가 일정 나이가 되어 사회에 발을 내딛는 순간 우리는 뭔가 다른 세상에 잘못 불시착한 듯한 현실에 직면하게 된다. 현실에는 정글처럼 먹고 먹히는 약육강식의 먹이사슬 관계가 존재하고, 생존을 위해서는 수단과 방법을 가리지 않는 본능의 법칙이 적용되기도 한다. 이해관계에 따라 사람들은 서로를 이용하고, 버리고, 모략하며 돈과 권력에 따라 온갖 형태의 합종연횡이 이루어진다. 이 지구상 어디에나 이런 '세렝게티 초원'은 존재한다.

　　학생도 어찌 보면 하나의 특권층이다. 학창 시절에는 온갖 이상적인 철학과 달콤한 로맨스, 할인 혜택들에 병역 연기까지 모두 누릴 수 있다. 그러나 졸업을 하고 사회생활을 시작해보면 모든 것이 예상 밖이다. 내가 뭔가 놓치고 있나 하는 마음에 자기 계발서를 사서 읽어봐도 현실을 바꿀 비법이 있기는커녕 긍정적으로 생각하고 용기를 잃지 말고 끝까지 노력하라는, 교과서에나 나올 법한 뻔한 얘기만 반복적으로 적혀 있을 뿐이다. 마음의 안식을 찾으려고 힐링에 관련된 책을 골라잡을 수도 있다. 책을 읽는 동안 새로운 나로 다시 태어나 그동안의 문제들을 일거에 해결하고 싶은 생각이 든다. 그리고 책을 덮은 후 잠시 동안은 정말 그렇게 할 수 있을 것만 같다. 구름을 탄 손오공처럼 자신감이 마구 밀려온다. 그러나 그 기분은 거기까지일 뿐이다. 피로를 회복하기 위한 휴식과 현실 도피는 전혀 다른 얘기다. 힐링은 잠시 현실을 잊고 지친 몸과 마음을 추스르는 과정이며 답은 결국 현실 속에서 찾을 수밖에 없다. 현실에 마법은 통하지 않는다. 원하는 것을 얻기 위해 숨찬 일상을 견디고 있는 것은 모두가 마찬가지다. 그러니 현실을 바꿀 수 있는 마법이란 남들보다 빨리, 그리고 멀리 손을 뻗어 원하는 것을 붙잡는 것뿐이다.

목표를 이루려면 경쟁력이라는 무기가 필요하다. 자신의 경쟁력을 높이기 위한 방법들은 일면 개인의 습관에 가깝다. 이 책의 두 번째 장에서는 학생들이나 사회생활 신참들이 인생을 살면서 자신의 경쟁력을 높이는 데 도움이 될 만한 방법들을 소개한다. 그중에는 실제로 내가 우리 연구실 학생들을 대상으로 시도해서 좋은 반응을 얻었던 것들도 있다. 그러나 이것들 역시 성공을 보장하는 비법은 아니다. 나는 섣부른 기대와 희망을 원하지 않는다. 그렇다고 순진하고 착하게 노력만 하면 결국 성공할 수 있을 거라는 사탕발림 같은 말도 하지 않겠다. 이렇게 살면 분명 불이익을 당하는 일이 더 많을 거라는 것을 알기 때문이다. 참고 견디다 보면 언젠가 좋은 날이 반드시 올 거라는 충고는 더더욱 사양한다. 이렇게 살다가는 죽는 순간까지 성공의 맛은 결코 볼 수 없기 때문이다. 나의 충고는 위안과 힐링보다 오히려 쓴소리에 가까울 것이다. 그러나 현실세계에 발을 들여놓을 때는 이 쓴소리가 좀 더 잘 듣는 약이 될 거라는 것을 믿어 의심치 않는다.

스스로 리더라고 생각하라

인생을 자기 주도적으로 살기 위해서는 스스로를 자신의 삶의 리더라고 생각할 필요가 있다. 주위에 유난히 나서기 좋아하고 단체나 모임의 리더 역할을 자청하는 사람을 눈여겨보면 직장이나 자기 사업에서도 잘 해나가는 경우가 많다. 자신이 리더라고 생각하는 사람은 생각과 행동이 확실히 다르다. 리더로서의 삶의 태도는 의지와 노력으로 얼마든지 가질 수 있다. 리더라고 생각하며 사는 삶은 적극적이고 긍정적이며 능동적이다. 리더의 역할을 수행하기 위해 노력하다 보면 삶의 태도와 습관도 리더의 그것처럼 몸에 배게 된다.

스스로를 리더라고 생각하는 셀프 리더십이 가장 도움이 되는 부분은 어려울 때 필요한 희망과 용기를 스스로 생산해낼 수 있는 능력이 생긴다는 점이다. 리더가 만들어내는 희망과 용기는 자신뿐만 아니라 자기가 속해 있는 조직이 어려움에 처했을 때 돌파구 역할을 한다. 자오위핑은 그의 저서 『마음을 움직이는 승부사 제갈량』에서 어려운 상황에서 필요한 리더십에 대해 다음과 같은 이야기를 들려준다.

어느 젊은 선장이 함대를 이끌고 바다로 나가기 전, 노선장이 그에게 쪽지를 건네주며 폭풍우를 만나게 되면 반드시 뱃머리에서 이 쪽지를 펴서 큰 소리로 읽으라고 당부했다. 함대는 귀항하는 길에 정말로 죽음의 폭풍우를 만나게 되었고 선원들은 당황하여 구명보트를 챙기고 도망갈 준비에 급급했다. 그때 젊은 선장은 뱃머리로 가서 노선장이 준 쪽지를 펼치고 큰 소리로 외쳤다.

"동요하지 마라. 항구가 바로 앞에 있다."

그 말에 선원들은 각자 자기 자리로 돌아가 배를 운항하는 데 집중했다. 다른 배들은 대부분 파손되거나 침몰했지만 이 젊은 선장의 배만은 폭풍우를 뚫고 무사히 항구로 돌아올 수 있었다. 젊은 선장을 만난 노선장은 이렇게 말했다.

"진짜 무서운 것은 폭풍우가 아니라네. 폭풍을 만나더라도 열심히 노를 젓고 돛을 조종하면 살아나올 수 있지. 문제는 폭풍에 당황해서 노를 팽개치고 돛을 버리는 선원들이라네."

"당신이 할 수 있다고 생각하면 할 수 있고, 당신이 할 수 없다고 생각하면 할 수 없다"라고 했던 시인 에머슨의 말처럼, 셀프 리더십은 어떤 난관 앞에서도 무릎을 꿇지 않도록 스스로를 격려하는 힘을 내게 한다.

스스로를 리더라고 생각하며 사는 사람들은 자기 자신을 넘어 궁극적으로 주변 사람들에게도 긍정적인 영향을 미친다. 프랑스 작가 생텍쥐페리는 리더의 역할에 대해 "그대가 만약 배를 만들고 싶다면 사람들에게 나무를 구하고 설계도를 그리는 등의 일을 지시하려고 하지 마라. 대신 그들에게 저 넓고 끝없는 바다에 대한 동경심을 키워주어라"고 말했다. 진정한 리더는 꿈과 명분을 공유하여 주변인들이 스스로 리더십을 갖도록 만들며 목표를 향해 함께 나아가게 만든다.

무인태양광자동차경주대회에서 나는 조직위원회를 운영하는 운영책임자인 동시에 참가팀 중 하나인 서울대 팀의 지도교수였다. 서울대 팀은 규모는 작지만 엄연한 하나의 조직으로 각 파트별로 파트장이 있고 파트 간의 의견을 조율하는 총괄팀장도 있었다. 팀의 정신적 멘토로서 나의 역할은 파트별 자율성을 보장하면서 상호조화를 이끌어내고 팀원들 간에 수평적인 역할 분배가 이루어지도록 조정해주는 것이었다. 특히 모든 구성원이 스스로 리더라는 생각에 자기 일처럼 적극적이고 능동적으로 참여하는 분위기를 만드는 일이 가장 중요한 임무였다.

자동차를 제작하는 일은 주행과 관련된 핵심 하드웨어와 소프트웨어를 다루는 학생들뿐 아니라 야외실험을 나가기 위해 화물 트럭에 차를 싣고 내리는 일을 돕는 학생들까지 다 같이 힘을 합쳐야 하는 것이므로 팀의 단합은 가장 중요한 성패의 요인이었다. 그러나 일반적으로 두뇌 회전이 빠르고 이해력은 좋지만 오만하고 까다롭고 자기중심적이며 요구사항도 많고 자기변명에도 능한 서울대 학생들 한 사람 한 사람에게 리더의 의식을 심어주는 것은 쉬운 일이 아니었다. 다행히 아직 학생의 순수함과 배움에 대한 열정이 있고 새로운 기술에 대한 호기심과 우승에 대한 경쟁심이 뜨거운 터라 이들을 하나로 만들기 위해서는 우선 명분의 공유와 동기부여가 가장 필요했다.

그래서 세계 최초의 대회에서 아직 세상에 존재하지 않는 것을 만들어낸다는 긍지와 자부심을 일깨워주었다. 또한 자신의 손으로 만든 차로 대회에 출전해서 입상한 특별한 이력을 추가할 수 있다는 희망을 키워주었다. 그리고 단순한 일을 맡은 학생들에게는 다음 기회에 보다 핵심적인 역할을 맡을 수 있을 것이라는 기대를 심어주어 팀원들 어느 누구도 과소평가되고 있지 않음을 확실하게 느끼도록 해주었다. 팀워크를 통해 성취한 결과물은 지도교수나 팀장 등 몇몇 사람들의 공이 아니라, 모든 팀원이 고루 공유하는 것이라는 공감대를 만드는 데도 공을 들였다. 학생들에게 책임감을 부여하기 위해 권한을 대폭 이양하고 각종 비용에 대한 지출은 학생들의 자율적 판단에 맡겼다.

처음에는 핵심 멤버 몇 명을 뺀 나머지는 아웃사이더처럼 겉돌기만 하더니 이런 생각들의 공유를 통해 자부심을 느낄수록 점점 리더처럼 행동하는 학생들이 많아졌다. 대회 준비 기간 동안 나는 학생들에게 차를 이렇게 저렇게 만들어보라고 지시한 적이 한 번도 없다. 모두가 자기 일처럼 능동적으로 각자 맡은 부분을 완성시켰고, 그 결과들이 모여 훌륭한 성과를 거둘 수 있었다.

스스로를 리더로 생각하는 셀프 리더십은 위기의 순간에 진정한 힘을 발휘했다. 서울대 팀의 최대 위기는 1년 가까운 시간과 노력을 투자한 1호차가 사고로 반파되었을 때였다. 대회 한 달 반을 남겨두고 차체와 함께 수천만 원 어치의 전자장치들이 모두 파손되어버리자 팀원들은 자포자기 상태에 빠져들었다. 이런 때에 가장 필요한 것은 바로 자발적인 동기의 부여이다. 학생들은 누구 하나 포기하겠다는 말을 하지 않고 누가 시키지도 않았는데 처음부터 다시 시작하자고 서로를 독려했다. 아마도 반은 책임감에서, 또 나머지 반은 이 난관을 넘고 나면 달콤한 결실이 그들을 기다리고 있을 것이라는 희망에서였을 것이다. 결국 학생들은 기적처럼 디자인과 성능면에서 1호차보다 훨씬 월등한 2호차를 만들어냈고 대회를 무사히

　아침 설렘으로 집을 나서라

마칠 수 있었다.

셀프 리더십은 샤먼과도 같다. 내가 나를 리더로 인식하는 순간 갈 길을 찾기 위해 노력하고, 그래야만 목표를 이룰 수 있음을 주문처럼 외워 나의 한계를 잊게 한다. 셀프 리더십은 제왕과 같은 카리스마를 갖출 필요도 없고, 반드시 과시할 만한 뛰어난 능력을 가져야 할 필요도 없다. 스스로의 동기부여를 통해 누가 시키지 않아도 새로운 일을 추진해나갈 수 있도록 지속적인 각성이 필요할 뿐이다. 그러나 많은 경우 스스로를 리더라고 생각하기가 쉽지는 않다. 리더보다는 팔로어follwer의 역할이 더 쉽고 익숙해져 있기 때문이다. 그래서 리더처럼 생각하기 위해서는 연습이 필요하다. 리더의 역할을 연습하면서 스스로 동기를 찾고 적극성을 발현하는 연습을 해야 한다.

학교에서도 학생들이 셀프 리더십을 키울 수 있도록 도와야 한다. 특히 대학에서 연구를 하고 있는 사람들에게 혁신과 도전 정신은 필수이며 스스로 리더로 생각하는 사람들이 좋은 연구 성과를 낼 가능성도 더 높다.

한번은 로봇 분야에서 열정적으로 연구 활동을 펼치고 있는 한 교수의 강연을 들으러 간 적이 있었다. 온갖 개념들을 적용한 가지각색의 기발한 아이디어들이 꽤나 흥미로웠다. 세미나가 끝나고 나는 그에게 그 많은 아이디어들 중 학생의 머리에서 나온 것은 몇 가

지나 되느냐고 물었다. 그는 그중 단 한 개뿐이라고 했다. 그것도 자신이 낸 아이디어를 학생이 약간 변형한 것이라고 했다. 이것이 현재 우리나라 대학의 현실이다. 학생들도 아이디어를 생산하는 일에 적극적으로 참여하는 외국과 비교가 된다. 학생들이 스스로 리더라고 생각하고 행동하게 만드는 데는 교수나 선생의 역할이 중요하다. 교수와 선생이 셀프 리더십을 성공적으로 심어주면 학생들도 도전적이고 능동적으로, 그리고 자기 주도적으로 창조적 사고를 하게 된다.

적극성과 참여 의식은 바로 리더십을 스스로 갖추는 훈련에서부터 출발한다. 그래서 나는 우리 연구실의 학생들에게 스스로 리더라는 자신감을 갖고 남들이 해보지 않은 것을 먼저 시도해볼 것을 주문한다. 학교는 꿈꾸고 상상하며 혁신적 사고를 훈련하는 연습장이다. 학교에서 실패를 경험하는 것은 인생의 낙오자가 되지 않기 위한 효과적인 방법이다. 교수와 선생은 학생들과 쉼 없이 브레인스토밍을 하고 같은 꿈을 꾸어야 한다. 상상력이 지식보다 훨씬 중요하다는 신념을 가지고 그들의 머릿속에 떠오른 반짝이는 아이디어를 현실로 구현시키기 위해 함께 길을 찾아야 한다. 그것이 진정한 멘토의 일이다.

적응력을 키워라

학생들이 나에게 공학도로서 가장 중요한 자질이 무엇이냐고 물으면 나는 주저 없이 '적응력'이라고 대답한다. 다윈도 진화론에서 "생태계에서 살아남는 개체는 강한 개체가 아니라 변화에 잘 적응하는 개체"라고 했다. 축구에서는 적응력이 뛰어난 선수를 멀티플레이어라고 부른다. 수비수이면서 공격의 역할을 담당하기도 하고, 공격수이면서 급할 때는 수비의 핵심 부분을 맡아줄 수 있는 전천후 선수를 가리키는 말이다. 지난 2002년 월드컵에서 한국 대표팀의 중심 수비수이면서 날카로운 슈팅으로 상대방 골키퍼의 간담을 서늘하게 만들었던 홍명보 선수처럼 말이다.

연구실에 갓 입학한 저학년 학생들은 대개 이 말의 중요성을 잘 이해하지 못한다. 그러나 여러 가지 프로젝트에 참여하고 다양한 주제를 연구하면서 연차를 쌓아갈수록 이 말에 크게 공감한다. 그리고 앞장서서 후배들에게 '적응력'의 중요성을 설파하게 된다.

적응이라 함은 우리가 살고 있는 사회에 대한 적응을 말한다. 인간 사회, 조직 사회, 기술 사회, 산업 사회 등 여러 가지의 크고 작은 사회 중 사람은 누구나 서너 가지 이상에 소속되어 있다. 그런데 기술은 빠른 속도로 진보하고 산업은 갈수록 다양화되는 등 외부 환경의 영향으로 우리가 속해 있는 사회 역시 끊임없이 변화한다. 따라서 적응력은 필수이다.

예로부터 적응력은 여러 담론의 중요한 주제였다. 『한비자』'오두' 편에서는 '수주대토守株待兔'라는 말로 변화에 대한 능동적 대처를 논하고, 『손자병법』'구변' 편에서는 장수란 아홉 가지 지형 변화의 이로움에 통달해야 용병을 안다고 할 수 있는 것이라 했다. 또한 손자는 변화무쌍한 전장에서 "군주의 명령임에도 받아들이지 않아야 할 명령이 있다"고 말하며 군주의 명령까지 유연하게 해석하라고 가르치고, 장수가 죽기를 각오하고 물러서지 않는 무모한 고집을 부리면 군대 전체가 위험에 빠질 수 있으므로 편견과 아집에 사로잡히지 말고 변화를 직시할 것을 강조했다. 공자도 『논어』'자한' 편에서 주관적으로 판단하지 말고, 편견을 가지지 말고, 고집을 부리지 말고, 아집을 가지지 말라고 했다.

적응력에는 단기적 관점과 장기적 관점, 두 가지가 있다. 상황의 변화에 따라 살아남는 임기응변적 대응 능력이 단기적 적응력이라면 미래의 변화에 적응하려는 의지와 개방적 태도, 유연성은 장기적 적응력에 해당한다. 그렇지만 적응력을 갖추기 위한 방법론은 한마디로 말하기 어려운 방대한 주제이다. 어떤 때는 적응력이 임기응변적 테크닉을 말할 때도 있고, 어떤 때는 처세술을 가리키기도 한다. 또 어떤 경우에는 습관이나 발표 요령 및 심지어는 스피치 기술까지도 적응력의 범주에 포함시키기도 한다. 적응력을 어떤 의미로 해석하건 중요한 것은 테크닉보다 기본적인 의식과 태도를 유연하게 가지는 것이다.

우리가 적응력을 길러야 하는 첫 번째 이유는 사회의 변화와 기술의 짧아진 수명에서 찾을 수 있다. 특히 공학 기술은 '하루가 다르다'라는 말이 딱 들어맞을 정도로 발전 속도가 무시무시하게 빠르다. 주위의 수많은 공학도들 중 학위과정에서 공부했던 내용을 몇 년이 지나서도 계속하고 있는 이를 찾기가 드물 정도다. 하나의 신기술이 개발되는 즉시 다음 단계의 신기술이 태동 단계에 접어든다. 현대인들의 필수품이 되다시피 한 스마트폰의 신제품 출시 주기를 보라. 방금 세상에 나온 따끈따끈한 신제품이 6개월이 지나면 할인에 들어간다. 자동차 역시 마찬가지다. 통상적인 자동차 신제품 개발 주기가 과거 36개월이었던 것에 비해 최근에는 24개월 미만으로 단축되고 있다. 더구나 오픈 이노베이션이란 미명하에 내가 필요한 기술을 굳이 직접 개발하기보다 다른 기술을 빨리 찾아오는 데 심혈을 기울이다 보니 기술의 변화는 더 빠른 것처럼 느껴진다. 이런 상황에서 기술을 밑거름으로 한 사회의 변화 역시 갈수록 빨라지고 있다.

적응력은 자기 계발 측면에서 볼 때 더 이상 인생의 옵션이 아니라 이 시대를 살아가는 우리 모두에게 필요한 절대적인 생존의 무기가 되었다. 자기 관리를 통해 적응력을 길러야 하는 필요성에 대해 피터 드러커는 "현대 사회에서 근로자들의 수명이 조직의 수명보다 더 길어졌는데, 육체노동자와는 달리 지식근로자들은 이동성이 높아 한곳에 오랫동안 머물러 살지 않는 속성이 있기 때문"이라고 강조했다. 기술의 발전은 기술 자체뿐 아니라 기술을 보유한 이들까지 한꺼번에 뒷방으로 밀어낸다. 그래서 연구개발을 담당하는 기업의 연구소가 엔지니어의 무덤이라는 자조적인 말까지 나오는 것이다. 이런 신기술의 흐름을 따라가려면 새로운 개념 및 용어와 이론에 대한 적응이 빨라야 하며, 더 나아가 자기 전공 분야뿐만 아니라 타 분야에 대한 적극적인 이해가 뒷받침되어야 한다. 소프트웨어 개발자가 하드웨어에 대해 알아야 하고, 하드웨어 설계자가 디자인을 이해해야 하며, 디자이너가 인문학이나 사회학을 이해해야 하는 것과 같은 이치다.

적응력을 길러야 하는 두 번째 이유는 조직 내에서의 역할이 다양화되고 있기 때문이다. 가까운 예로 공학도의 경우, 원래 조직에서의 역할이 공학적 기술에 기반을 둔 연구개발이었어도 경우에 따라서 경영, 마케팅, 컨설팅, 재무 등의 분야로 그 역할이 다양해질 수 있다. 실제로 국내 대기업에서 프로젝트에 따라 혹은 신제품의 종류에 따라 1년에도 몇 번씩 직원들의 소속 부서가 바뀌고 역할이 바뀌는 것을 빈번하게 본다. 부서가 바뀌고 역할이 바뀌면 기존의 업무를 버리고 새로운 업무를 수행하기 위해 새로운 지식을 습득해야 한다.

다행스럽게도 정보통신 기술의 발달로 인해 정보의 보편화와 지식의 평준화가 심화되고 있어 예전 같으면 전문가들이 독점할 만한 정보들을 이제는 일반인들도 쉽게 접할 수 있다. 어려운 개념과 용어들을 쉽게 풀어서 설명해놓은 책이나 자료들이 서점에 넘치고, 잘 만들어진 사용자 인터페이스는 일반 사용자들이 개념이나 이론을 이해하지 못하더라도 쉽게 사용할 수 있도록 도와준다. 웬만한 대학에서는 전문가 과정을 개설해 특화된 교육 서비스를 제공하고, 온라인 강의나 사이버 대학 등 다양한 방법을 통해 고급 지식을 얼마든지 배울 수 있다. 그 배경에는 인터넷이 있다. 이제는 '잘 모르는 분야라서 일을 못했다'는 변명이 통하지 않는다. 의지와 노력만 있다면 훨씬 다양한 분야의 다양한 역할들에 대처할 수 있는 환경이 갖추어졌고, 그것을 요구받아 마땅한 시대가 된 것이다.

적응력을 길러야 하는 세 번째 이유는 개인적 관심사의 변화이다. 직장인들이 보통 10년, 20년 동안 한 가지 일만 하다 보면 타성에 젖게 마련이다. 이럴 때 자기 발전에 대한 동기부여가 확실하게 되어 있는 사람은 자연스럽게 변화를 모색한다. 지난 20년간 나의 연구 분야의 관심사도 지속적으로 변하고 있다. 석사 학위 논문의 주제는 전력 계통 제어에 인공지능 기술을 적용하는 일과 관련된 것이었다. 박사 학위 과정에서는 고속 네트워크용 스위치 구조에 대해 주로 연구했다. 졸업 후 프린스턴 대학으로 옮기고 나서는 초고속 광네트워크에서의 스위칭 기술이라는 분야로 연구 주제의 범위를 넓혔다. 서울대에 부임한 이후에는 정보통신 보안이라는 새로운 분야에 뛰어들었다. 그리고 2000년 무렵부터는 자동차 전자 분야에 관심을 갖기 시작하면서 우리 연구실의 주력 연구 분야가 되었다.

이렇게 거듭 새로운 분야에서 연구를 시작하는 경험을 쌓으면서 내가 한 가지 깨달은 것은, 기존 분야에서 충분하게 쌓은 노하우는 새로운 분야로 진입하는 데 든든한 밑거름 역할을 한다는 것이다. 기존 연구에서 얻은 결과와 그 결과를 얻기 위해 사용했던 해석 방법론들로 대들보를 삼고, 그 위에 새로운 분야의 특화된 지식으로 집을 지어야 성공적인 결과를 얻을 수 있다는 걸 배웠다. 여러 분야를 넘나들면서도 적응에 큰 어려움을 겪지 않을 수 있는 것은 바로 사물의 핵심을 보는 나만의 통찰력을 가지게 된 덕분이다.

적응력을 길러야 하는 네 번째 이유는 근로 환경의 변화를 꼽을 수 있다. 최근 노동시장에서는 노동 희망 인구에 비해 일자리 수가 갈수록 적어지고 있어 청장년층의 실업 문제가 심각한 사회문제로 대두되고 있다. 고용 형태도 계약직이나 임시직 등 단기고용이 주류를 이룬다. 경제 활력의 저하로 고도 성장기를 살아온 과거 세대가 크게 의존했던 부동산 가격 상승과 금융자산 증식의 기회도 기대하기 어렵게 되었다. 경제활동을 통한 수입의 창구가 노동으로 한정되어가고 있는 탓에 일자리 감소의 여파는 더욱 크다. 이것은 산업화의 팽창 과정에서 기업이 무모한 몸집 불리기를 하면서 늘린 고용이 정체기에 접어들면서 어느 정도 예견되었던 현상이기도 하다. 요즘 20대 청년들의 취업률은 50퍼센트를 넘는 정도다.

이렇게 낙타가 바늘구멍을 통과하는 것처럼 어려운 취직의 관문을 넘어섰다고 해서 미래가 보장되는 것도 아니다. 그리고 저금리와 세금 정책의 강화로 돈을 굴려 돈을 버는 기회도 마땅치가 않다. 이 같은 상황은 근로자들의 직업에 대한 인식을 바꾸어놓았다. 이제는 투잡, 스리잡이라는 용어가 낯설지 않고 이직, 전직은 주위에서 흔하게 볼 수 있게 되었다. 여기에 필요한 것은 당연히 적응력이다. 메뚜기처럼 이 직장, 저 직장을 전전하는 것을 권하는 것이 아니라 필요에 의한 이직과 전직에서 새로운 환경에 빠르게 적응하고 성공을 목표로 하는 유연한 마음가짐을 가지라는 말이다.

그러나 적응이라는 것이 말처럼 쉽지는 않다. 적응에는 스트레스가 따르기 때문이다. 그렇다고 회피해서는 안 된다. 힐링이 대세인 시대답게 느림의 미학을 강조하는 이들도 많지만 변화가 주도하는 세상에 느리게 산 대가를 치르는 것은 느림의 미학을 설파한 이들이 아니라 그것을 여과 없이 현실로 받아들인 사람들이라는 것을 명심해야 한다. 싫든 좋든 의식적으로라도 조금씩 적응에 대한 훈련을 하는 것이 필요하다.

경영학 분야에 '모멘텀 효과'라는 용어가 있다. 기업이 성공으로부터 에너지를 축적해 성장의 가속 효과를 만들어내는 추진력을 가리키는 말이다. 변화에 대한 대처도 이와 마찬가지다. 비록 처음에는 적응이 힘들어도 한 번 적응하는 능력이 생기면 그 적응력은 다음번 변화에서도 그 위력을 발휘하게 된다. 그러니 변화의 파도를 잡아타는 나만의 서핑 방식을 찾는 것이 관건이다. 그렇다면 학생들에게 이런 적응력을 길러주기 위해 학교에서는 어떤 교육을 해야 할까?

내가 적응력 강화를 위해 반드시 필요하다고 학생들에게 자주 강조하는 것이 바로 근성이다. 근성은 얼마나 강한 상대를 만나든 링 안에서 버텨내는 권투선수들의 맷집 같은 정신력과 끈기이다. 이 근성은 일하는 과정에서 필연적으로 부딪치게 되는 시행착오의 충격을 최소화하고 스스로 해결책을 찾는 위기관리의 능력으로 빛을 발한다.

프로젝트형 교육이 중요한 이유가 바로 여기에 있다. 프로젝트형 교육은 특정 분야의 지식을 일방적으로 주입하는 것이 아니라 스스로 목표를 세우고 목표 달성을 위한 일련의 과정들을 직접 체험하게 하여 미래에 어떤 일을 하더라도 대응책을 마련할 수 있는 적응력을 길러준다. 또한 일을 성공적으로 마무리했을 때 느끼는 성취감을 통해 자신감을 고취시켜준다. 프로젝트형 교육은 미국 대학협회 회장인 캐럴 슈나이더가 말한 교육의 주요한 목표, "비판적으로 사고하고, 사회적인 책임을 다하며, 증거와 숙고에 입각하여 추론하고 판단 내리는 능력을 기르는 일"에 가장 부합하는 교육 방법이다.

그러나 이런 프로젝트형 교육에도 그 성패를 좌우하는 중요한 요소가 있으니, 그것은 바로 적당한 목표를 정하는 일이다. 터무니없이 어려운 목표도, 너무 손쉽게 달성할 수 있는 목표도, 모두 도전의식을 위축시키는 결과를 초래한다. 따라서 좋은 스승이란 학생이 지쳐서 포기하지 않을 정도의 도전 목표를 끊임없이 제시해주고, 더 나아가 강한 적응력까지 길러주는 사람이다. 우리가 인생에서 진정한 스승을 만나기 위해 애쓰고 좋은 교육을 받으려고 노력해야 하는 이유가 바로 여기에 있다.

두드리라, 열리리라
구하라, 얻으리라

한때 인기가 있었던 듀엣인 가람과 뫼의 〈두드리라 열리리라〉라는 곡의 가사에 이런 구절이 나온다. "두드리라, 열리리라, 구하라, 얻으리라, 바라보라 저 들녘을, 저 하늘을, 저 바다를……." 지금도 가끔 흥얼거리며 다닐 정도로 내가 좋아하는 곡이다.

무인태양광자동차대회를 준비하며 나는 필요한 것을 구하기 위해 아는 사람, 모르는 사람, 가리지 않고 닥치는 대로 발품을 팔아가며 찾아다녔다. 전기정보공학부 교수인 내가 자동차 분야에 발을 들여놓게 된 연유도 따지고 보면 '두드리라 열리리라'에 해당되는 얘기다.

서울대 교수로 부임해서 8년 만에 첫 번째 연구년의 기회를 얻게 되었다. 보통은 외국 대학을 방문하여 공동 연구를 하거나 연구 동향을 살펴보는 것이 통상적인 전례인데 왠지 나는 그렇게 하기가 싫었다. 잘 알지도 못하는 외국인 교수의 연구실을 방문해 별 소득 없는 회의를 하고 나머지 시간은 빈둥거리며 보내는 것이 나의 취향에는 영 맞지가 않았다. 오히려 좀 더 공학 실무 쪽으로 현실적인 문제들을 접해보고 새로운 분야에 입문할 수 있다면 현장 경험도 마다하지 않겠다는 생각을 가지고 있었다.

그러던 차에 학부 내 한 원로 교수님과 식사하는 자리에서 국내 모 자동차 기업의 자문교수로 활동하고 계시다는 얘기를 듣게 되었다. 연구년 동안 자동차 분야 연구는 어떠냐고 물으시는데 갑자기 호기심이 발동했다. 자동차 분야에 전자기술의 중요성이 날로 커지고 있다는 것은 진즉에 인지하고 있던 사실이었다. 아는 것도 없으면서 뭔가 새로운 가능성을 발견했다는 흥분만으로 나는 그날 밤잠까지 설쳤다.

다음 날 아침 출근하자마자 나는 당장 그 회사로 전화를 걸었다. 내 생각을 한꺼번에 쏟아낼 수 있는 당사자와 통화를 해야겠다는 욕심에 다짜고짜 전화를 건 곳이 바로 사장실이었다. 지금 돌이켜 생각하면 참으로 무모하고 의욕만 앞선 시도였는데도 의외로 그 사장은 차분히 내 말을 끝까지 들어주고 반가워하기까지 했다. 나는 전화로 길게 설명할 것이 아니라 직접 찾아뵙겠노라고 방문 약속을 잡고 전화를 끊었다. 그리고 거의 만세삼창을 외칠 뻔했다. 나는 그를 만난 자리에서 내 생각을 최선을 다해 설명했다. 결과는 아주 성공적이었다. 전화로 가부간의 답을 들으려고 했다면 오히려 더 질질 늘어지는 꼴이 됐을 것이다. 직접 대면한 자리에서 설명했더니 그 즉시 기술 고문으로 일하는 것으로 결정되었다. 그 후 거의 1년에 가까운 시간을 그 회사에서 보내게 되었다.

그 기회를 통해 나는 전자 전공 교수로서 자동차 분야 연구개발의 실무에 참여해본 드문 경력의 소유자가 되었다. 이후 자동차 전자 분야를 집중적으로 연구하는 계기가 되었다. 원하는 것을 찾아 행동으로 옮긴 한 번의 노력으로 나는 새로운 분야의 전문가로 커리어를 쌓는 인생의 전환점을 맞았다.

문을 두드리려면 그 문 앞까지 가야 한다. 목적을 달성하기 위해 필요한 것이 있다면 구하러 나서라. 회사의 옆 부서, 연구실의 옆자리 선배에게 조언을 들으러 가는 일이 귀찮아서 혹은 자존심 상해서 처음부터 그냥 내 방식대로 혼자 하면 된다고 생각하는 이들이 많다. 그런데 이것은 시간 낭비일 뿐만 아니라 실패의 확률을 현저히 줄일 수 있는 기회를 제 발로 차버리는 꼴이다.

학교에서도 학생들은 지도교수를 적극적으로 써먹을 필요가 있다. 교수 연구실의 문턱이 높아서 그런지 제 발로 찾아오는 학생의 수가 그리 많지 않지만 간혹 필요할 때마다 스스로 찾아와 상담하고 조언을 구하는 학생들이 있다. 교수의 입장에서는 그렇게 스스로 문을 두드리는 학생들이 대견한 마음에 뭐라도 도움이 될 만한 것을 해주고 싶어지는 것이 인지상정이다. 세상에는 문을 두드려주기만 하면 기꺼이 활짝 열고 도움이 되어줄 준비가 된 사람들이 의외로 많다는 것을 알아야 한다.

인간 사회나 조직에는 눈에 보이지 않는 '유리 장벽'이 있다. 기업에도 있고 학교에도 있다. 개인의 성격, 이해관계, 편견 등과 같은 인간관계로부터 시작된 이 '유리 장벽'은 사람들 사이의 소통마저 단절시킨다. 내가 그 '유리 장벽' 너머로 가려고 노력하지 않는다면 그 '유리'를 뚫고 제 발로 나를 찾아와줄 사람은 없다. 많은 경우에 이 '유리 장벽'의 열쇠가 되는 가장 효과적인 방법은 직접 찾아가서 문을 두드리고 얼굴을 마주 보며 대화를 시도하는 것이다. 머리가 나쁘면 손발이 고생한다고 하지만 사실 머리만 좋은 사람보다 손발을 고생시키는 사람이 유리 장벽을 더 쉽게 연다.

『바람과 함께 사라지다』를 쓴 마거릿 미첼은 무명 시절 10년 만에 이 대작을 탈고하고 3년 동안 출판사를 찾아다녔지만 아무도 거들떠보지 않았다. 무명이라는 것과 여성이라는 편견이 만든 유리 장벽 뒤에 갇혀버린 것이다. 그러다 한 출판사에서 편집장이 기차를 타러 나가야 해서 얘기할 시간이 없다고 하자 그 뒤를 따라가 원고를 가방에 넣어주며 한 번만 읽어달라고 애걸했다. 편집장이 기차 안에 앉아 있는데 승무원이 전보 한 장을 그에게 건네주었다. 거기에는 "제발 한 번만 읽어봐 주세요"라고 적혀 있었다. 그래도 원고에 눈길 한 번 주지 않고 있는데 두 번째 전보가 전해졌다. 그마저도 무시하고 자기 할 일에만 열중하던 그는 세 번째 전보를 받고서야 마지못해 원고를 꺼내들었다. 그리고 원고에 몰두한 그는 도착역을 지나치는 줄도 몰랐다. 대작 『바람과 함께 사라지다』는 이렇게 세 번의 전보와 끈질긴 열정 덕분에 세상 빛을 보게 되었다. 이렇게 신념에 대한 보상은 언제가 됐든 반드시 찾아오는 법이다.

신념을 자각하고
또한 단 하나의 목표를 충실히 추구하며
부귀나 명예, 속세의 출세 따위를
허리를 굽히거나 누워서 기다리지 않는다.
어차피 이들에게 부귀와 명예가 따르기 마련,
만남의 소나기처럼 그들 머리 위에 떨어지리.

—워즈워드, 「행복한 용사」 중에서

내가 선택한 것이
나의 운명이라고 생각하라

인생은 선택의 연속이다. 아침에 눈을 뜨는 그 순간부터 매 순간이 선택이다. 아침으로 무엇을 먹을까, 어떤 옷을 입을까, 오늘 할 일들 중 무엇부터 할까, 저녁 약속에 늦지 않으려면 몇 시에 퇴근해야 할까. 그리고 이런 사소한 선택에도 후회가 꼭 따른다. 사무실로 가는 엘리베이터 안에서 '다른 옷을 입고 나올걸', 음식점에서 '다른 것으로 주문할걸', 차가 막히는 도로 위에서 '지하철을 탈걸' 등등.

그런데 그 선택이 인생의 방향을 좌우할 만큼 중대한 것이라면 후회의 크기도 달라진다. 살면서 가장 처음 맞부딪치게 되는 무거운 선택은 아마도 10대의 마지막을 장식하는 '진학의 고민'일 것이다. 어느 대학을 갈 것인가, 무슨 과를 지원할 것인가, 적성을 살릴 것인가 아니면 성적에 맞출 것인가. 아니면 아예 대학을 가지 말고 취직을 할 것인가. 그런데 이것은 시작에 불과하다. 대학을 졸업할 즈음이면 '진로의 고민'이 기다리고 있고 그 선택의 무게는 갈수록 무거워진다. 결정을 내릴 수 있는 사람도, 그 결정의 결과를 고스란히 짊어져야 할 사람도 본인이다. 그 누구도 대신 살아줄 수 없는 것이 인생이다.

나 역시 지금까지 수많은 선택을 하면서 살아왔다. 지금까지 내가 해온 선택들을 뒤돌아보면 어떤 것들은 그럭저럭 만족스러웠고, 어떤 것들은 뼈저린 후회를 남기기도 했다. 대학을 갈 때도 부모님의 바람대로 의대를 갈지, 내 바람대로 공대를 갈지 한참 고민했었다. 대학원에 진학할 때도 어떤 분야의 연구를 할지를 놓고 며칠간 머리를 싸맸으며, 유학을 갈 대학도 많은 압박감을 느끼며 겨우 결정했다. 에스파냐의 작가인 발타자르 그라시안은 『그라시안이 전하는 위대한 메시지』라는 책에서 "인생은 올바른 선택 능력이 있느냐에 따라 좌우된다. 올바른 선택을 하기 위해서는 뛰어난 안목과 정확한 판단력이 필요하다. 지성이 뛰어나고 노력을 아끼지 않는다고 하더라도 그것만으로는 충분하지 않다"고 말하면서 인생에서 선택이 얼마나 중요한지를 강조했다.

그런데 '올바른 선택'이라는 말이 과연 가능한 것인가? 아무리 안목과 판단력이 뛰어나다 하더라도 선택에 대한 결과는 미래의 일인데 지금의 선택이 좋은 선택인지 나쁜 선택인지 어떻게 판단할 수 있단 말인가? 사실 선택이란 결과를 얻기까지의 과정에서 첫 단계에 불과하다. 당연히 그 순간에는 아무도 성공 여부를 가늠할 수 없다. 그렇다면 어떤 선택이든 내가 한 선택을 좋은 선택으로 만들 수 있는 방법은 없을까?

성공을 보장하는 선택이란 존재하기 어렵지만 도움이 될 수 있는 방법은 있다. 먼저 내가 한 선택이 나에게 주어진 운명적 선택이었음을 믿어야 한다. 이 믿음이 약해지고 의심이 생기는 순간 희망도 약해진다. 운명적 선택은 다른 말로 하면 프로 정신과도 일맥상통한다. 피할 수 없는 운명이라고 생각한다면 모든 것을 다 걸어도 좋다는 각오를 하게 되지 않겠는가. 그다음은 노력이다. 내가 한 선택과 운명 공동체이니만큼 성공적인 결과를 얻도록 악착같이 이를 악물어야 한다. 성공은 10퍼센트의 선택과 90퍼센트의 노력으로 이루어지는 것이다. 선택을 했으되 노력하지 않는다면 그 선택은 결과를 기다릴 필요도 없이 실패한 선택이다. 선택이 마치 로또 당첨이라도 되는 양 번호를 뽑고 기다리기만 하면 원하는 결과가 나올 것이라고 생각하는 것은 커다란 착각이다.

도전하는 삶을 선택하는 사람으로 주목받는 이들 중에 발레리나 김지영이 있다. 그는 인생에서 매 단계 원했던 바를 이루고도 또 다른 새로운 도전의 길로 나선다. 자신의 선택이 고난의 선택임에도 그가 후회하지 않는 이유는 바로 운명적 선택이라고 믿기 때문이다. 김지영은 그의 글 '후회 없는 선택'에서 다음과 같이 말하고 있다.

인생의 삼분의 일을 살아온 나도 선택의 순간을 많이 겪었다. 첫 번째는 12세 때 선화예술중학교와 예원학교 두 학교 중 하나를 택하는 문제였다. 다음은 14세 때 러시아 바가노바 발레학교로 유학을 갈지 한국에서 계속 공부를 할지였는데, 사실 유학은 선택이 아니라 나에겐 꿈이었기 때문에 선택에 대한 고민보다는 나의 꿈이 이루어졌다는 기쁨이 더 컸다. 하지만 사춘기 시절 혼자만의 러시아 유학 생활은 너무도 힘들고 외로웠다. 19세 때는 바가노바 발레학교를 졸업한 후 그곳에 있는 발레단에 입단할지 아니면 한국으로 돌아와 국립발레단에 입단할지 결정해야 했는데 아마도 나의 인생에 있어서 가장 중요한 선택의 순간이 아니었나 하는 생각이 든다. 난 가족들의 반대에도 불구하고 국립발레단에 입단했고 수석 무용수로서 많은 무대 경험을 쌓았다. 그러나 5년 후 프리마돈나라는 화려한 타이틀을 버리고 네덜란드 국립발레단에 일반 무용수로 입단하기 위해 한국을 떠나게 되는데, 이것은 내 인생에 있어 새로운 도박이었다. 그러나 입단하자마자 찾아온 발목 부상과 그로 인한 1년이 넘는 슬럼프는 발레를 포기하고 싶은 생각이 들 정도로 가장 큰 좌절의 시기였다. 그 후 부상과 슬럼프를 이겨내고 네덜란드에서 수석 무용수가 되었고, 안정된 생활을 뒤로하고 다시 한국으로 돌아온 것은 또 다른 나의 선택이었다.

이러한 선택들이 모두 핑크빛 꿈으로 다가온 건 아니었다. 모든 선택에는 후회를 초래하는 순간들이 찾아왔다. 힘든 시기와 슬럼프를 수없이 겪으며 남들이 생각하는 안정적인 순간에 항상 또 다른 선택을 했다. 그것은 도전이 될 수도 있었고, 무모할 수도 있었으며, 결국 어떠한 선택을 하든 후회하거나 만족할 수도 있었다. 물론 이 모든 선택이 내가 원한다고 해서 모두 이뤄지는 것은 아니었다. 내가 선택했지만 선택을 받느냐, 선택받지 못하느냐는 또 다른 선택의 문제였다. 하지만 선택을 한 순간부터 그 상황에 대한 책임은 내가 감수해야 하는 것이었고, 그 누구도 선택에 영향을 미쳐서는 안 되는 것이었다. 만약 자신의 선택이 올바르지 않았다는 것을 알게 되면 후회하기보다 그 상황을 인정하고 극복해나가려고 노력해야 할 것이다. 돌이켜 생각해보면 다른 걸 선택했더라도 똑같은 후회를 했을 거라는 생각이 든다.

우리는 인생을 살아가면서 항상 선택의 순간에 놓이게 된다. 10대에는 미래의 꿈에 대해, 20대에는 꿈에 대한 좀 더 확실하고 구체적인 진로에 대해, 그리고 20, 30대에 걸쳐 결혼, 직장이라는 중요한 선택의 기로에 놓이게 된다. 나이를 먹어가면서 자식, 부모, 직장과 주변 지인들에 관계된 다양한 선택의 기로에 서게 되는데, 그때의 선택이 과연 올바른 것인지는 우리가 미래를 예견할 수 없기에 아무도 알지 못한다. 나의 선택이 올바른 결과를 가져올 수도 있지만 인생의 좌절을 가져올 수도 있다. 그러나 실패한다고 해서 인생의 끝은 아닌 것이다. 나도 슬럼프로 인해 인생의 좌절을 맛봤을 때는 그것이 인생의 끝이고 희망의 문은 닫혀서 절대 열리지 않을 것만 같았다. 하지만 시간은 그 문을 조금씩 열게 하여 새로운 희망을 가져다주었고 나를 더 강하게 만들어주는 새로운 시작의 밑거름이 되었다.

이제 새로운 선택의 기로에 서 있는 후배들에게 말해주고 싶다. 인생은 실패와 많은 경험을 통해 배워나가는 것이라고. 실패는 끝이 아니며 또 다른 시작이고, 그것이 우리를 강하게 만드는 것이라고. 그리고 내가 다시 그때로 돌아간다 해도 같은 선택을 할 것이라고.

—발레리나 김지영,『후회 없는 선택』중에서

로또를 사야 당첨된다

성공한 많은 이들이 한결같이 강조하는 것 중의 하나가 바로 실천이다. 성공을 위한 첫걸음은 실천이며 후회나 포기는 일단 시작하고 난 뒤에 해도 늦지 않다. 로또에 당첨되고 싶으면 로또를 사야 한다. 로또에 당첨될 확률이 아무리 낮다고 해도 일단 로또를 사고 나면 그 확률이 제로는 아니기 때문이다. 확률이 제로와 제로가 아닌 것에는 엄청난 차이가 있다. 그런데도 사람들은 확률이 제로에 수렴하는 낮은 숫자라는 이유로 허황된 꿈이라며 비웃는다. 남들에 대해서만 '설마 그게 되겠어?'라고 생각하는 게 아니라 스스로도 '설마 내가 되겠어?'라고 생각한다. 그러고는 시작조차 하지 않는다.

우리 연구실 박사과정 학생인 C군은 공부에 재능을 보여 일찌감치 좋은 연구 성과도 내고 연구실 생활도 알차게 잘하는 모범학생

 아침 설렘으로 집을 나서라

이지만 성격이 지나치게 꼼꼼하고 다소 소극적인 점이 흠이라면 흠이다. 얼마 전 독일의 세계적 기업으로부터 인턴 학생을 추천해달라는 요청을 받고 나는 C군을 적극 추천하려고 마음먹었다. 국내에서 박사 학위를 받는 학생들은 바로 취직하지 않고 외국에서 박사 후 과정이나 인턴으로 경험을 쌓기를 희망하는 경우가 많다. 그런데 현실적으로 적절한 자리가 때맞춰 나는 경우는 드물다. 졸업만 하면 세상이 기다렸다는 듯이 나를 두 팔 벌려 환영해줄 거라고 착각하는 학생들이 더러 있지만 그것은 국내 대기업들이 박사 학위 졸업자들을 싹쓸이 스카우트해 가는 국내 현실을 보고 외국도 그러려니 생각하는 우물 안 개구리의 망상에 불과하다. 외국의 대학이나 회사들 입장에서 한국은 그저 아시아 어딘가에 있는 작은 나라일 뿐이다. 이런 현실을 감안할 때 외국 기업으로부터의 인턴 제의는 그야말로 황금과도 같은 기회가 아닐 수 없었다. C군은 책임감도 있어 무슨 일을 맡아도 잘 해나갈 수 있을 것이라고 판단했지만 정작 C군은 그 추천을 받아들이지 않았다. 표면적으로는 졸업을 1년 앞두고 외국에 나갔다 오면 연구에 공백이 생긴다는 것이었지만 실상은 영어로 소통하며 일해야 하는 낯선 환경에 겁먹은 것이다. 세계적인 대기업이라는 곳에 가서 그 회사에서 원하는 연구 성과를 내고 좋은 평판을 받으며 살아남을 수 있을지에 대해서도 회의가 든 것이다. 또한 C군은 그 인턴십을 통해 하게 될 연구가 자신의 미래에 큰 도움이 되지 않을 것이라는 판단을 내렸다. 실제로 부딪쳐보지도 않고서 그 인턴십이 가져다줄 또 다른 가능성들을 포기해버린 것이다. 그것은 마치 복권을 사는 대신 아예 당첨 확률이 제로인 길을 택하는 것과 마찬가지였다. 비록 결과적으로 미래에 새로운 기회를 가져다주지는 않더라도 최소한 독일 문화 체험과 선진 기술력에 대한 이해 등의 부산물을 거저 얻을 수 있었던 기회를 날려버린 아쉬움이 두고두고 남았다.

살다 보면 '어쩌다 보니 하늘에서 뚝 떨어진 기회'라는 것이 찾아올 때가 있다. 그 기회가 정말 원하는 기회라면 비록 현재의 관점에서 단 10퍼센트의 장점만 갖고 있더라도 시도해보는 것이 옳다. 가수로 활동하다가 미국에서 로스쿨을 졸업하고 변호사가 된 이소은 언론과의 인터뷰에서 "'그런 건 해서 뭐하게?'라는 말은 자신에게뿐 아니라 그 누구에게도 함부로 해서는 안 돼요. '용기 내서 한 번 해볼걸'이라는 후회보다는 '괜히 시작했나?'라는 후회가 더 나아요. 일단 도전한 사람에게는 결과에 상관없이 자신감과 경험이라는 선물이 주어지니까요. 자신에게 새로운 도전을 허락하는 순간 변화는 이미 시작된 거예요"라고 이야기했다.

실패는 도전한 사람만이 누릴 수 있는 권리이고, 성공은 도전한 사람만이 누릴 수 있는 선물이다. 로또 당첨이 꿈이라면 지금 당장 나가서 복권부터 사야 한다.

울타리 밖으로 나가라

우리는 울타리 안에 있을 때 안전함과 편안함을 느낀다. 우리 주위를 둘러싸고 있는 울타리에는 학교, 직장, 가정, 사회, 국가 외에도 그 안팎으로 크고 작은 다른 울타리들이 무수히 존재한다. 많은 사람이 자신의 활동 영역을 울타리 안으로 한정하고 살지만 어떤 이들은 이 울타리, 저 울타리를 자유롭게 넘나든다. 나만 해도 10여 년 전에는 내 전공 분야 이외에는 아는 것이 없었고 내가 연구하던 분야의 울타리에 갇혀 평생 그것만 하며 살 것이라고 생각했다. 그런데 언제부터인가 세상이 변하기 시작했다. 융복합이라는 이름하에 학문 영역 간 교류가 중요해지기 시작하더니 얼마 안 있어 융복합 관련 연구 주제들이 우르르 쏟아져 나오고 새로운 학과 및 교육 과정들이 생겨났다. 바야흐로 영역의 울타리를 자유롭게 넘나들어야 살아남는 시대가 온 것이다.

울타리를 넘나들기 위해서는 생각의 범위를 넓혀야 한다. 그리고 더 넓은 물을 노려야 한다. 기업도 대학도 세계화를 따라가지 않고는 살아남지 못하는 시대가 되었다. 모델 김원중은 서른 번의 도전 끝에 아시아인들은 다 비슷하게 생겼다는 유럽의 편견을 이겨내고 동양인 남성 모델로는 처음으로 2012년 밀라노 패션 위크의 프라다 런웨이에 서서 한국인의 개성과 매력을 새롭게 각인시켜주었다. 그는 참고할 만한 롤모델도 없는 상황이라 무작정 파리에 머물며 몸으로 부딪치는 수밖에 없었다고 했다. 한국에서는 이미 잘나가는 모델이었던 그가 익숙한 울타리를 벗어나는 모험을 함으로써 이루어낸 쾌거다.

자신을 둘러싼 울타리를 뛰어넘으려면 어떤 전기가 필요하다. 울타리를 뛰어넘을 때 마주칠지 모르는 위험과 고통을 이겨낼 만한 각오도 필요하다. 그것이 외부로부터 주어지지 않는다면 스스로 만들어내야 한다. 우리 연구실에서도 학생들이 저마다의 울타리에 안주하지 않고 밖으로 눈을 돌릴 수 있도록 지속적으로 자극을 준다.

오래전 어느 학자가 했던 개구리 실험은 우리에게 많은 것을 시사한다. 그릇 하나에는 물과 개구리를 담은 채 서서히 가열하고, 또 다른 그릇 하나에는 미리 담아둔 뜨거운 물에 개구리를 집어넣는다. 결국 죽는 것은 서서히 가열한 그릇의 개구리였다. 작은 변화에 수동적으로 따라가다 보면 타성에 젖어 자신의 적응 능력 범위를 벗어나는 줄도 모르고 파국으로 치닫게 되지만 정신이 번쩍 날 만한 외부 환경의 변화에는 사력을 다해 반응하며 그 변화를 극복하기 위해 노력한다는 것이다. 그래서 내가 학생들에게 주는 자극은 물의 온도를 서서히 올리는 것처럼 미묘한 변화가 아니라 거의 충격파에 가깝다. 처음에는 당황하고 혼란스럽고 힘들 수도 있지만 일단 적응하고 나면 자신을 한 단계 업그레이드시키는 기회가 된다. 이를 위해 나는 학생들에게 다음과 같은 연습을 시킨다.

첫째로 학생들에게 맨 먼저 자신의 능력의 한계라고 생각하는 울타리를 넘어서라고 조언한다. 인간의 능력에는 한계가 없으며 그 한계는 생각의 한계일 뿐이라는 것이 나의 개인적인 믿음이다. 이를 위해 나는 학생들에게 졸업 후 원하는 직업을 적어놓게 하고 구체적인 실행 방법과 자잘한 목표들에 대해 정기적으로 함께 의논한다. 이렇게 상담을 하다 보면 많은 학생들이 자신이 정해놓은 목표의 수준과 현실 사이에 큰 괴리가 있음을 발견하게 된다. 학생들은 이 정도 노력하면 되지 않을까, 라고 생각하지만 현실적으로 요구되는 노력은 그보다 몇 갑절인 경우가 많다. 그렇게 현실을 직시하고 노력의 강도를 높여 체계적으로 목표를 향해 나아가다 보면 자신감이 생긴다. 그 자신감이야말로 자신이 쳐놓은 울타리를 무너뜨릴 수 있는 가장 훌륭한 도구다.

둘째로 이론과 실험을 구분하는 울타리를 뛰어넘으라고 말한다. 요즘 학생들은 머리로만 공부하려고 들고 실험은 회피하려는 경향이 있다. 그러나 실험은 이론을 검증하는 차원에서 반드시 필요한 연구 행위이므로 이론과 병행이 되어야 한다. 그리고 내가 실험을 중요시하는 이유 중 하나는 실험이 학생들에게 이론보다 더 큰 성취감을 심어주는 훈련이기 때문이다. 특히 연구 초반의 신입생들이나 전공에 잘 적응하지 못하는 학생들에게는 큰 도움이 된다. 머릿속으로 그 형태를 상상하기 어려운 복잡한 수식을 그래프로 한 번 그려보면 금방 이해할 수 있듯이, 자기 손으로 구현한 이론이 시스템 상에서 작동하는 것을 보면 누구나 노력에 따른 희열과 성취감을 느끼게 된다. 이론과 실험의 구분을 넘어선다는 의미는 일상생활에서 머리와 손발을 모두 활용하는 것이다. 아이디어는 있지만 실행에 옮기지 못하는 사람들이 많은 이유는 머리와 손발이 연동하는 게 아니라 그 사이에 울타리가 쳐져 있기 때문이다.

셋째로 학생들 스스로 연구 범위의 울타리를 넘어설 수 있도록 훈련시킨다. 내가 연구하고 있는 분야는 그 특성상 다른 분야에 대한 이해가 필수적이다. 수학적 알고리듬, 소프트웨어뿐 아니라 하드웨어까지 모두 이해해야 자동차에 적용할 기술을 제대로 개발할 수 있다. 아무리 좋은 알고리듬이라도 자동차 내부의 컴퓨터 사양, 안전 요건, 가격 등이 맞지 않으면 무용지물이기 때문이다. 자동차의 안전을 위해 도입하는 수많은 안전장치도 센서나 컴퓨터의 특성을 고려하지 않으면 아무런 쓸모가 없다. 자동차에 있는 수많은 센서로부터 들어오는 신호들을 제한된 시간 내에 처리해서 제어로 연결시키는 과정은 여러 분야에 걸친 지식과 이해 없이는 실현이 불가능하다. 결국 자신만의 독창적인 연구 분야를 만들어내기 위해서는 여러 울타리를 넘나드는 노력이 필수적이다.

넷째로 한국이라는 울타리를 벗어날 것을 요구한다. 나는 학생들에게 졸업 후 외국에서 직접 직장을 구하는 것도 고려해보라고 권한다. 취업률은 높지 않지만 일단 취업이 되면 몸값을 크게 높일 수 있는 지름길이 이것이다. 다양한 문화적 경험과 새로운 조직 시스템을 통해 배운 관리 노하우, 휴먼 네트워크 등은 어디서든 탐을 낼 만한 것이기 때문이다. 그러나 외국으로 진출하기 위해 넘어야 할 울타리의 높이는 상당하다. 그렇다고 지레 실망할 필요는 없다. 국내에서 꾸준히 인정을 받다 보면 외국에서 스카우트 제의가 오는 경우도 간혹 있다.

중요한 것은 국내든 해외든 자신의 활동 범위를 최대한 넓히기 위해 도전하고 기회를 만들어가는 일을 게을리하지 말라는 것이다. 나는 학생들에게 재학 중 학회 참석이나 학교 방문, 공동 연구 등을 통해 다양하게 해외 경험을 쌓을 수 있는 기회를 열어준다. 외국에 대한 막연한 동경 대신 현실을 바로 보게 하려는 것이다. 생각의 울타리를 넘어서야 국경의 울타리도 쉽게 넘나들 수 있는 법이다.

　예로부터 성을 쌓아 자신의 울타리를 견고하게 세운 민족들은 더 빨리 망했다. 울타리는 자신의 활동 범위에 선을 긋고 생각마저 수동적으로 만든다. 울타리가 견고하면 견고할수록 이런 현상은 더 심해진다. 생각의 울타리만큼 높고 견고한 것은 없다. 그리고 생각의 울타리만큼 쉽게 무너질 수 있는 것도 없다.『꿀벌과 게릴라』의 저자 게리 하멜은 "여러분이 관대하든 관대하지 않든 미래는 창조될 것이다. 그러나 새로운 미래를 건설하려면 기존의 신념체계에서 벗어나 영구히 보편적 진리가 아닌 것은 무엇이든 부셔버려야 한다"고 주장했다. 자신의 주위를 둘러싼 울타리는 결국 자신이 만들어놓은 것이며, 그 울타리를 만만한 문지방으로 만들 수 있는 사람도 바로 자기 자신밖에 없다는 사실을 명심하자.

눈앞의 이익을 포기할 줄 알아야
더 큰 호박이 굴러들어온다

대한민국의 이름을 세계만방에 알린 인물로 가수 싸이를 꼽지 않을 수 없다. 세계 인구의 5분의 1이 그의 뮤직 비디오를 보고, 노래를 따라 부르고, 말춤을 추었다. 이제까지 세계무대 진출을 노린 유명 제작자들과 가수들이 없었던 것도 아닌데 유독 싸이가 이런 세계적인 대박을 터트린 이유는 과연 무엇일까? 나는 개인의 이익과 대중의 이익이 절묘하게 맞아떨어진 데 그 비결이 있다고 생각한다. 기존의 대중음악은 가수의 재능을 무대 위에서 최대한 펼쳐 보이는 데 중점을 두었다. 대중음악도 하나의 예술이라고 강조하는 그들은 굳이 대중에게 곡을 맞추려고 들지 않았다. 오히려 대중들이 그들의 곡을 이해하려고 애써야 했다. 반면에 싸이는 자신을 B급 가수라고 부르며 스스로를 낮추고 철저하게 대중의 입맛에 곡을 맞추었다. 쉬운 음악, 쉬운 춤으로 무대를 예술작품 공연장이 아니라 대중과 같이 뛰어노는 놀이판으로 만들었다. 고고하게 예술성을 찾는 가수들과는 달리 땀을 뻘뻘 흘리며 무대를 가리지 않고 뛰어다녀 대중들의 즐거움을 극대화했다.

국내 전자업계를 양분하고 있는 두 개의 대기업에 서울대학교 출신 학생들이 매년 수십 명씩 입사를 한다. 그런데 3년쯤 지나고 나면 그중의 30퍼센트가 퇴사를 한다. 조직에서 일하다 보면 개인적인 이익과 조직의 이익 사이에서 갈등하는 경우가 많은데 그만두는 사람들의 대부분은 이를 극복하지 못한 것이다. 엘리트 코스를 밟고 명문대를 졸업한 많은 이들이 조직생활에 약하다. 팀을 이루어 협업을 할 때에는 개인의 희생이 따르더라도 조직의 이익을 먼저 생각해야 함에도 불구하고 희생의 크기와 그에 대한 보상을 일일이 따지다 보니 자연스럽게 중도 탈락의 길을 걷게 되는 것이다. 우리 연구실 학생들을 하나하나 떠올려보더라도 지금도 나와 자주 연락하고 협동 연구를 계속하는 졸업생들은 재학 시절에도 산학 프로젝트니 강의조교 일과 같이 자신의 논문 연구와 관련 없는 일에 과감하게 시간을 투자할 줄 아는 학생들이었다. 그런 학생들이 지금은 좀 더 좋은 직장에서 더 가치 있는 일들을 하고 있는 경우가 많다. 이렇게 눈앞의 이익을 잠시 포기할 줄 아는 사람들의 공통점은 바로 긍정적인 사고방식이다.

우리 연구실에서 공부했던 K군은 공무원 위탁교육을 온 학생이었다. 내가 알고 있던 위탁교육생은 직장을 떠나 외부 교육시설에서 공부하며 대충 시간을 때우다 복귀하는 그런 사람들이었다. 그런데 K군은 신기하게도 매사 긍정적이고 열심이었다. 오히려 일반 학생들이 본받아야 할 정도였다. 자신이 참여하는 산업체 프로젝트도 아닌데 아이디어를 제일 많이 내고 따로 시킨 적도 없는데 자기가 먼저 사전조사를 해서 프로젝트의 성공 가능성에 대해 나에게 얘기해주던 신통한 학생이었다. 그러니 자연히 연구실 내에서 그에 대한 신뢰가 커질 수밖에 없었고 다른 학생들과의 공동 연구도 많이 이루어졌다. 긍정적인 사고가 긍정적인 연구 결과로 이어진 것이다. 개인적인 이익만을 생각했으면 절대로 할 수 없는 그런 일들에 K군은 연구실의 공익을 먼저 생각해서 자발적으로 참여해주었다. 그러니 내가 K군의 직장 상사들을 만날 때마다 입에 침이 마르게 K군의 칭찬을 늘어놓게 되는 것은 당연한 결과였다.

중국 춘추전국시대 제자백가 중 공자의 유가학파와 함께 이름을 떨친 묵가학파를 설립한 묵자는 『묵자』 '비공' 편에 "손가락을 자름으로써 팔을 남게 하는 것은 이익 가운데서도 큰 것을 취하는 것이고 해害 가운데에서도 작은 것을 취하는 것이다. 해 가운데에서 작은 것을 취하는 것은 해를 취하는 것이 아니라 이익을 취하는 것이다"라는 글을 남겼다. 작은 이익을 잠시 포기할 줄 알아야 큰일을 할 수 있다. 당장 그것을 포기한다고 해서 그 이익이 영원히 사라지는 것이 아니라 미래에 더 큰 이익으로 자신에게 돌아온다.

무인태양광자동차대회에서도 당초 10개 팀의 본선 진출을 예상하고 정부지원금을 받았는데 11개 팀이 되면서 팀별 지원금이 줄어들게 되었다. 그래서 과감하게 서울대 팀이 지원금 포기를 선언했다. 이를 두고 다른 팀으로부터 두고두고 감사와 칭찬의 말을 들은 것은 물론이요, 참가팀들 간에 결속력도 더 높아졌다. 눈앞에 놓인 이익을 잠시 내 것이 아니라고 밀어놓은 결과, 대회를 성공적으로 개최하는 큰 호박이 덩굴째 굴러들어온 것이다.

나만의 이력서를 만들어라

언제부턴가 우리는 이력서를 스펙을 나열하는 자기 자랑의 공간으로 인식하기 시작했다. 지원자들은 너나 할 것 없이 자기 소개란에 복수 전공, 자격증, 인턴 및 다양한 봉사활동 경력을 빼곡하게 채워 넣는다. 영어 성적, 수상 경험, 어학연수 등은 이제 필수이다. 이를 위해 대학 시절 휴학까지 해가며 이른바 스펙 쌓기에 몰두한다. 그러나 정작 회사의 인사 담당자들은 "무조건 이력이 많다고 좋은 것이 아니다. 본인이 지원한 직무에 맞지 않는 이력은 무용지물이다. 복수 전공에 대해서도 왜 복수 전공을 했는지 그 이유를 명쾌하게 설명하지 못하면 하나도 제대로 하지 않은 사람으로 오해받을 수 있다"라고 얘기한다. 회사든 학교든 새로 사람을 뽑을 때는 가능성을 보고 뽑는 것이지 모든 능력을 완전하게 갖춘 사람을 뽑는 것이 아니기 때문이다.

많은 전문가가 이력서를 쓸 때 정해진 틀을 따르기보다 나를 잘 표현할 수 있는 창의적이고 독창적인 방법을 고민해봐야 한다고 조언한다. 자기 소개서 역시 나는 이런 사람이고 이런 사람이 되고 싶다는 식으로 쓰면 주목을 받기 어렵다. 내가 이 회사에서 무슨 일을 얼마나 잘할 수 있으며 회사의 발전을 위해 어떤 기여를 할 수 있는지 진취적이고 발전적인 미래의 모습을 보여주어야 한다.

학교 입시에서도 자기 소개서를 기반으로 학생을 선발하는 입학사정관 제도의 경우 자신의 능력을 부각시키는 것뿐 아니라 학교를 빛낼 수 있는 잠재력을 가지고 있음을 강조하는 것이 중요하다. 최근 입사시험 대신 2박 3일간의 캠프를 개설한다든지, 회사 나름대로 독특한 테스트를 개발한다든지, 인턴 과정을 강화하는 등 개별적인 인재 선발 방법을 강구하는 회사들이 늘어나는 것을 보니 사회 분위기가 조금씩 다양성을 인정하는 쪽으로 흘러가는 것 같아 고무적이다. 내가 미국에서 직장을 구할 때 봤던 면접도 1박 2일 동안 강의실, 식당, 카페 등 여러 장소를 돌아다니며 전문성뿐만 아니라 일상생활에서 나타나는 개인의 인성까지 빈틈없이 관찰하는 대단히 심층적인 것이었다.

예전에 교내에서 열린 창의공학경진대회에 심사위원으로 참여한 적이 있었다. 우열을 가리기 힘든 우수한 작품들 가운데 단연 눈에

띠는 두 개의 작품이 있었다. 하나는 새로운 컴퓨터 데이터베이스 시스템 설계였고, 또 다른 하나는 거미로봇이었다. 전자의 작품은 데이터베이스 시스템을 개발하던 중 기존의 컴퓨터 언어로는 비효율성이 많이 발생한다는 사실을 발견하고 아예 새로운 컴퓨터 언어를 만든 것으로 미국의 IBM이나 선마이크로시스템 정도 되는 회사에서나 할 법한 작업을 일개 학부생이 과감하게 도전한 것이었다. 후자의 거미로봇은 70~80센티미터는 족히 되어 보이는 크기에 여덟 개 다리의 관절마다 모터를 달아 거미처럼 기어가게 만든 것이었다. 전문가라고 해도 1년은 족히 걸렸을 로봇을 학부생 혼자 6개월 만에 밤을 새워가면서 완성했다니 그 집념과 노력에 혀를 내두를 지경이었다.

자, 이제 여러분이 입학 사정관이나 회사 면접관이라고 가정해보자. 학점 3.8에 토플점수 만점인 학생의 이력서와 학점은 바닥이지만 이 두 작품을 만들어낸 학생들의 이력서가 당신의 손에 쥐어져 있다. 누구를 뽑을 것인가. 주위 사람들에게 똑같은 질문을 던졌을 때 열이면 열, 선택은 후자였다. 어떤 인재가 되어야 하는지, 어떤 인재를 뽑아야 하는지 모두가 답을 알고 있는 것이다. 그런데도 왜 우리는 아직 스펙 쌓기와 학점 1점에 목을 매는 것일까? 그것은 용기와 소신이 부족하기 때문이다. 남들은 이력서에 열 줄을 채워 넣는데 나 혼자 달랑 한 줄을 쓸 용기가 없는 것이다. 미래를 위해 쓸

모가 있는 것이라고 스스로는 믿어 의심치 않는데 과연 세상 사람들도 나처럼 생각해줄지 자신이 없는 것이다.

그러나 걱정할 것 없다. 사실 세상 사람들은 모범생보다 괴짜의 이력서에 더 관심이 있다. 젊음을 믿고 무모한 도전과 실패를 해보라. 남들과 똑같아지기 위해 노력하지 말고 소신 있게 도전하고 그 도전을 믿어보라. 면접관들이 가장 보고 싶어 하는 것은 "기존에 있던 것이 마음에 안 들어 아예 다시 만들어버렸어요"라고 말하는 도전 정신이다. 앞에서 얘기했던 거미로봇은 사실 심사하던 날 시연을 하기 위해 땅바닥에 내려놓는 순간 다리가 무게를 지탱하지 못하고 뚝 부러지면서 실제 작동에는 실패했다. 실망한 학생은 곧 울음을 터트릴 것만 같은 표정이었지만 심사위원들은 그에게 가장 높은 점수를 주었다. 그의 열정과 노력이 인정을 받은 것이다. 그 후 그는 이런 괴짜 이력으로 대학원에도 문제없이 합격했다.

1년간 밤을 새워가며 만든 무인태양광자동차가 대회 당일에 제대로 작동하지 않아 탈락하더라도 세상은 그 노력을 잊지 않는다. 이력서에 달랑 한 줄을 쓰더라도 소신과 용기를 보여주는 나만의 작품을 올려라. 내 것이 아니라 누구의 것이 될 수도 있는 이력서는 필요 없다. 끊임없이 자신을 드러낼 기회를 만들어가는 괴짜들이 나는 보고 싶다.

공을 들여 달여야
상상력의 진국을 얻을 수 있다

매년 방학이 되면 우리 연구실에서는 다 함께 정례적으로 하는 일이 있다. 상상력 여행을 떠나는 것이다. 다람쥐 쳇바퀴 돌듯 대부분의 시간을 보내온 학교와 연구실을 벗어나 먹을 것, 마실 것들을 잔뜩 싸들고 산 좋고 물 맑은 곳을 찾아간다. 지난여름에는 대전에 있는 계룡산 근처의 깨끗한 2층짜리 양옥 펜션을 빌려 2박 3일을 보냈다. 펜션 안에는 빔프로젝트, 노래방, 바비큐 시설 등이 모두 갖추어져 있었다. 바깥세상과 단절된 고즈넉한 느낌의 펜션 속에서는 시간도 더디 가는 듯했다. 우리는 브레인스토밍을 하며 머리를 굴리다가 지치면 아무 데서나 쓰러져 자기도 하고 배가 출출해지면 부엌에 내려가 간식을 꺼내 먹었다. 처음 상상력 여행을 시작하게 된 것은 연구에 필요한 새로운 시각과 아이디어를 찾아야만 하는 절실함에서였다. 환경이라도 새롭게 만들어주면 창의력을 좀 더 발휘할 수 있지 않을까 하는 궁여지책이었던 셈이다.

나는 매일같이 학생들에게 기존의 자동차 개념을 벗어난 새로운 미래형 자동차처럼 고정된 틀에서 벗어나 자유롭게 미래의 모습을 상상해볼 것을 주문한다. 나 스스로도 물고기 떼처럼 충돌 없이 움직이는 군집자율주행 자동차, 무인태양광 자동차, 비행체와 협력하여 자율 주행하는 자동차, 합체분리가 가능한 자동차 등 만화나 영화에서나 튀어나올 법한 자동차들을 끊임없이 상상하고 실제로 만들어낼 수 있는 방법을 고민하며 그것을 학생들과 함께 공유한다.

학생들의 상상력 레벨을 올리기 위해 여러 가지 방법을 동원하기도 한다. 주간 기술 미팅에서 학생들에게 아이디어 발표를 하게 해서 상호 평가 및 포상을 하고, 정기적 브레인스토밍, 논문에 관련된 아이디어 토론의 기회를 지속적으로 만들어 창조적인 아이디어를 만들어내는 일에 익숙해지도록 유도한다. 그리고 현재 연구 방식이나 주제에서 상상력을 방해하는 요소나 편견들이 있으면 이를 제거하고 새로운 방향이 있으면 즉각 실행에 옮기도록 독려한다. 아무리 사소한 아이디어라 할지라도 무시하거나 면박을 주는 것은 금물이다. 작은 흙 한 줌도 마다하지 않는 것이 태산을 쌓는 방법이다. 작은 아이디어를 작은 성공으로 이끌 줄 아는 것이 미래의 큰 성공을 이루는 밑거름이 되는 법이다.

　내가 브레인스토밍을 주도하는 방법은 우선 대주제를 정하는 일에서부터 시작된다. 대주제는 '미래형 자동차'처럼 다소 막연하고 큰 것으로 참여자들이 생각하는 데 도움이 되도록 편의상의 범위를 정해준다. 그리고 중주제들을 서너 개 정도 발굴한다. 중주제는 대주제보다 약간 더 세부적이고 기술적인 내용을 담을 수 있는 것으로 뽑는다. 예를 들면 '무인자율주행 기술' '협력주행 기술' '생체 모방 기술' '신개념 디자인' 등이 그것이다. 전체 참여자들을 5명 이하의 팀으로 나누고 팀별로 진행자를 선발하여 중주제 중 하나를 던져주고 토론을 진행하게 한다. 그러면 팀원들은 편안한 장소에 자리를 잡고 주제에 대해 생각나는 대로 이야기를 나누기 시작한다. 전체 팀원들에게는 미리 필기도구와 스케치북을 나누어준다. 아이디어를 그림으로 그리기 위해서다. 생각을 시각적인 그림으로 표현하는 쪽이 창의적인 생각을 정리하는 데 글보다 좀 더 도움이 되기 때문이다.

　몇 시간 동안 자유롭게 이야기를 나누면서 참여자들은 종이에 여러 장의 그림을 그린다. 그리고 한 세션이 끝나고 나면 모든 팀이 한자리에 모여 팀별로 그린 그림들을 벽에 나란히 붙인다. 수십 장의 그림들을 한자리에 모아놓고 보면 참으로 가관이다. 한눈에 봐도 의도가 분명한 그림이 있는가 하면 어린애의 낙서 같은 그림도 있다. 참여자들이 자신의 그림을 돌아가며 설명하는 동안 다른 참여자들

아무리 사소한 아이디어라 할지라도 무시하거나 면박을 주는 것은 금물이다. 작은 흙 한 줌도 마다하지 않는 것이 태산을 쌓는 방법이다. 작은 아이디어를 작은 성공으로 이끌 줄 아는 것이 미래의 큰 성공을 이루는 밑거름이 되는 법이다.

은 포스트잇에 자신의 의견이나 평가를 적어 그 그림 위에 붙인다. 좋은 아이디어에는 당연히 칭찬하는 메모들이 잔뜩 붙게 된다. 이렇게 하면 하나의 중주제에 대한 아이디어들이 일목요연하게 정리되고 전체 참여자들이 서로의 아이디어를 공유할 수 있게 된다.

이렇게 2박 3일의 시간을 보내고 나면 펜션의 모든 벽은 온통 그림과 포스트잇으로 도배가 된다. 보통 세 개 정도의 세션을 하루나 하루 반 정도에 걸쳐서 진행하고 나면 전체 일정이 끝난다. 마지막으로 정리를 위한 회의를 하며 토론과 투표를 통해 가장 흥미로운 아이디어 열 개를 뽑고 추후에 생각해볼 여지가 있는 후보작들도 따로 분류한다.

솔직히 고백하자면 이런 상상력 여행의 결과로 진짜 건질 만한 창의적인 아이디어들을 얻었느냐 하면 그건 아니다. 2박 3일 만에 기발한 아이디어들이 마구 쏟아져 나올 것이라고 기대하는 것은 너무 큰 욕심 아닌가. 이 상상력 여행의 포인트는 얼마나 많은 아이디어를 얻느냐가 아니라 형식과 과정이 만들어내는 시너지 효과에 있다. "형식이 내용을 지배한다"는 말처럼 당장은 내용이 부족하더라도 형식이 훌륭하면 내용도 자연히 형식을 따라 개선되어가는 법이다. 마찬가지로 상상력 여행이라는 형식의 의식을 한 번 치르고 나면 연구실의 분위기도 좀 더 진지해지고 생각도 훨씬 깊어지며, 특히 새로운 아이디어에 대한 욕심과 의욕이 한결 높아진다. 또한 지도교수가 뭘 기대하는지에 대해서도 명확하게 동감하고 목표 달성에 적극적으로 참여하게 된다.

창의적 아이디어라는 것이 가만히 앉아서 머리만 굴린다고 어느 순간 나오는 것이 아니다. 아이작 뉴턴이 사과나무 밑에서 사과가 떨어지는 것을 보고 만유인력의 법칙을 발견했다고 생각하는가. 천만의 말씀이다. 사과가 떨어지는 것처럼 일상적이고 익숙한 자연현상의 이유를 설명하기 위해 오랜 시간 고민에 고민을 거듭하던 끝에 사과가 떨어지던 그 순간 우연한 시간적 일치로 깨달음을 얻었던 것뿐이다. 창의적 아이디어는 한약을 달이는 일과 같음을 명심하라. 지식과 직관, 통찰을 탕기에 넣어 노력과 열정, 도전이라는 장작불을 아주 오래오래 때면서 공을 들여 달여야 비로소 창의적 아이디어라는 진국이 얻어진다.

산 전체를 보고 길을 찾아라

철학자이자 문필가이며 20세기 최고의 지성 중 한 사람으로 손꼽히는 버트런드 러셀은 『행복의 정복』에서 행복으로 가는 길에 대해 다음과 같이 말하고 있다.

"인생을 전체적인 관점에서 바라보는 태도를 가지는 것이 좋은 것인가에 대해 사람들의 의견은 다양하게 나누어진다. 마땅히 그런 태도를 가져야 하며 그런 태도를 가지고 만족하며 살아가는 것이 행복의 필수조건이라고 생각하는 사람들이 있는 반면, 인생은 일정한 방향성도 없고 통일성도 없는 고립된 사건들의 연속에 지나지 않는다고 생각하는 사람들도 있다. 나는 전자의 사람들이 후자의 사람들에 비해 훨씬 쉽게 행복에 도달할 수 있다고 생각한다. 전자의 사람들은 만족감과 자부심을 느낄 수 있는 환경을 서서히 구축해나가지만, 후자의 사람들은 어떤 안식처도 찾지 못하고 환경의 거센 풍파에 이리저리 떠밀려 다닐 뿐이다. 인생을 전체적인 관점에서 바라보는 태도는 인간이 갖추어야 할 지혜와 참된 도덕의 근간이며 교육을 통해 길러져야 할 덕목 중의 하나이다. 견실한 목적이 행복한 인생의 충분조건은 아니지만 필수조건인 것만은 분명하다. 그리고 견실한 목적은 대개 일을 통해서 구현된다."

인간이라면 누구나 인생의 가장 큰 목표로 행복한 삶을 꼽을 것이다. 행복은 인생의 궁극적 지향점이자 살아가는 과정에서 삶을 윤택하게 만들어주는 활력이다. 행복을 찾아가는 길은 사람마다 다르다. 왕도는 없다. 그러나 행복은 실체가 있는 파라다이스가 아니다. 한 푼 두 푼 모았다가 한 방에 목돈을 타는 적금도 아니다. 일상에서 만나는 크고 작은 장애물들과 그것을 넘어서는 도전, 그리고 성취감, 이 모든 것이 행복이다.

철학자이자 심리학자, 교육운동가였던 미국의 존 듀이는 아흔 살 생일 파티에서 어떤 축하객이 어떻게 하면 그렇게 위대한 삶을 살수 있느냐고 질문을 던지자 "산을 오르라"고 답했다. 산을 오르면 더 높은 산이 보이기 때문이라고 했다. 인생에서의 행복 추구란 끝도 없는 여정일 뿐이다. 처음에는 작은 앞산을 오르고, 그다음에는 동네에서 가장 높은 산을 오르고, 그다음에는 제대로 배낭을 갖춰 메고 유명한 산을 정복하러 나서듯이, 우리가 할 수 있는 일은 구체적인 삶의 목표를 정하여 그것을 하나씩 하나씩 이루어가는 기쁨을 맛보는 것이다. 이렇듯 작은 성공들이 발판이 되어야 인생의 목표로 삼은 큰 봉우리를 발아래 놓을 수 있다. 여기서 중요한 것은 목표를 이루기 위해 어떤 길을 선택하느냐이다. 산속에서 헤매기만 하면 꼭대기로 가는 길이 잘 분간이 가지 않는다. 산 전체를 볼 수 있어야 비로소 길의 방향을 가늠할 수 있다.

학생들을 지도하다 보면 인생의 숲 속에서 길을 찾지 못해 헤매는 학생들을 의외로 많이 본다. 산속에서 길을 열심히 가고는 있는데 그 길이 어디로 향하는 길인지에 대해서는 구체적으로 생각해 보지 않은 것이다. 심지어 박사과정을 밟고 있는 학생들 중에도 남들이 하니까 나도 한다는 식으로 자신만의 구체적인 목표를 정하지 못한 채 그저 공부하고 있는 이들도 더러 있다. 다수의 목표를 나의 목표로 삼고 나면 안전한 선택을 한 것처럼 느껴진다. 물론 그것이 행복을 저해하는 선택이라고 단정 지어 말할 수는 없다. 그 선택에 별 불만을 느끼지 않고 무난하게 살아가는 사람들도 많기 때문이다. 무작정 산을 오르다 보니 어느새 꼭대기에 도착해서 행복감을 느낀다고 인생을 잘못 살았다고 할 수는 없지 않은가. 반대로 일찌감치 삶의 목표와 방향을 정했다고 해서 인생에서 길을 찾는 문제가 매듭지어졌다고 말할 수는 없다. 목표를 정하기만 했지 목표에 이르는 길을 찾아낸 것은 아니기 때문이다.

좋은 길을 찾아가는 방법은 지금 내가 가고 있는 길이 과연 맞는 방향인지 끊임없이 확인하는 것이다. 요즘 운전하는 사람들치고 내비게이터에 의지하지 않는 사람이 없다. 내비게이터는 전체 지도상에서 목적지까지의 최단 경로를 계산해준다. 심지어 도로 교통 상황까지 실시간으로 정보를 받아 경로 결정에 활용한다. 우리는 인생에서 방향을 잃지 않기 위해 어떤 노력들을 하고 있는가? 당신이 의지하는 내비게이터는 과연 믿을 만한 것인가? 혹시 잘못된 내비게이터를 따라가고 있지는 않은가? 안타깝게도 인생의 숲에서 목적지까지 최단거리로 가는 길을 찾아내는 내비게이터는 존재하지 않는다. 한 가지 상황에서 지엽적인 조언을 해주는 내비게이터는 있을 수 있겠지만 그 길로 들어서고 나서의 상황은 결국 내 책임이다.

여러분 인생의 내비게이터는 바로 자신이다. 누가 뭐라고 해도 자신이 갈 길은 스스로 결정해야 한다. 누군가에게 책임을 전가할 생각은 꿈에도 하지 마라. 자신이 발견한 길이 최선이라고 믿으면 그것이 최선의 길이 되는 것이다. 그 길이 과연 만족스러웠는지 판단을 내리는 이도 바로 자신이다. 자신이 행복하다면 어떤 인생의 길을 선택하든 무슨 상관이겠는가? 그러니 신중하게 길을 선택하되 한 번 선택한 길은 어떤 후회도 남기지 말고 열심히 최선을 다해가야 한다.

후배들의 도전 정신을 불러일으키는
일이야말로 선배들의 임무이다

2012년 10월 22일 월요일, 대회가 끝난 바로 다음 날이다. 그동안 참았던 비를 한꺼번에 뿌리기라도 하듯 아침부터 세차게 비가 내렸다. 대회 기간인 이틀을 포함하여 그 전 주말, 또 그 전 주말까지 연속 3주 내내 하늘이 참 맑았더랬다. 하늘도 대회에 참여한 이들의 열정에 성원을 보내는 것 같았다. 이 세 번의 주말은 대회 참가팀들이 대회장에서 실제 주행을 해볼 수 있는 기회였기에 무엇보다 소중했다. 그리고 더 절묘했던 것이, 사실 원래 예정되었던 대회 날짜는 1주일 늦은 10월 27일과 28일이었다. 그러나 해가 점점 짧아지는 것을 고려해 대회를 4개월 앞둔 시점에서 급히 날짜를 10월 20일과 21일로 변경했었다. 그런데 신기하게도 10월 27일과 28일 사이에 많은 비가 내린 것이다. 21일 새벽에 빗방울이 조금씩 떨어지기에 걱정을 했는데 잠시 후 대회장 상공의 구름이 걷히더니 아침엔 하늘이 다시 맑아졌다. 하늘에 감사할 따름이다. 대회 총괄 조교인 최믿음 연구원과 H사의 손성욱 과장의 어머니가 대회가 잘되게 해 달라고 하늘에 기도를 하셨다는데 아무래도 그분들의 기도를 하늘이 들으셨나 보다.

대회는 막을 내렸지만 아직도 그때의 감동이 생생하다. 내가 처음에 의도했던 '융복합 인재 양성'의 목표는 훌륭하게 달성했다고 자평한다. 학생들의 교육에 이만큼 효과적인 방법도 없다는 믿음도 생겼다. 각 학교 학생들이 매년 대회를 개최할 거냐고 계속 문의를 해오는데 정작 내 자신이 아직 결론을 못 내리고 있다. 첫 대회에 기운을 너무 쏟았는지 회복에 시간이 좀 필요해 보인다. 그럼에도 불구하고 이런 새로운 시도를 통한 인재 양성은 계속되어야 한다고 생각한다. 하늘을 나는 자동차, 자동차를 운전하는 로봇, 숲을 헤쳐 나가는 자동차, 합체 로봇 등의 도전적인 주제로 새로운 경연의 장을 펼쳐봐도 좋을 것 같다. 후배들의 도전 정신을 불러일으키는 일이야말로 선배들의 임무가 아닌가.

이 책을 다 쓰고 나니 마음이 그렇게 홀가분할 수가 없다. 힘든 일 하나를 해치워서가 아니라 지금껏 가슴에 담아두고 있었던 이야기들을 다 쏟아놓고 나니 마음이 후련한 것이다. 후배들에게 꼭 들려주고 싶은 이야기인데 혹시 나중에 기억하지 못할까 봐 가슴을 줄이거나 어딘가에 메모를 해놓고 찾지 못하면 어쩌나 불안해하지 않아도 된다. 이젠 식구들과 주말 아침에 마음 편하게 나들이라도 좀 갈 수 있겠다. 주중에는 학생들과 잠시 영화 얘기도 할 수 있겠다.

그러나 나는 알고 있다. 지금의 짧은 여유를 못 참고 조만간 생각의 빈틈을 무엇인가가 비집고 들어와 또 나를 어서 달리라고 채찍질해댈 것이라는 것을 말이다. 중심을 잃지 않기 위해 계속 페달을 밟아야 마음이 놓이는 현대인의 속성에서 나도 자유롭지 않다. 인생의 자전거가 멈추는 것이 불안하다. 누군가는 멈추면 더 많은 것들이 보인다는데 나는 아직 움직이면서 더 많은 것을 보고 싶은 욕심을 떨쳐버리기가 어렵다.

그래도 이제는 바쁨을 즐길 줄 아는 여유가 조금 생겼다. 스트레스를 덜 받고 사는 법도 조금은 알 것 같다. 세상을 조금 더 높은 곳에서 내려다보며 내가 가는 길의 방향을 살필 수 있게 된 것도 다행이다. 이런 마음의 여유를 준 친구들, 학생들, 선후배 교수들, 그리고 특히 늘 웃음을 잃지 않고 곁을 지켜준 가족들에게 깊은 감사의 마음을 전한다.

끝으로 모래알처럼 흩어져 있던 생각들을 멋진 책으로 만들어준 출판사의 사태희 부장과 김미나 님에게 큰 감사를 드린다. 제목 선정, 표지 디자인, 교정 등 모든 단계에서 마이다스의 손을 가진 프로

들의 도움이 있었기에 이 책이 빛을 보게 되었다. 프로들과의 작업
은 언제나 즐겁고 나의 부족함을 깨우칠 수 있는 배움의 기회였다.
도움을 주신 모든 분늘께 인사를 올린다.

서승우

공학도의 꿈을 좇는 청소년에게
멘토링의 문을 열어주다

그해 깊어가던 가을날, 경기도 화성에서는 세계 최초의 무인태양광자동차경주대회가 열렸다. 무인자동차와 태양광자동차가 결합된 무인태양광자동차 11대가 가을 햇살을 전기에너지로 변환하며 소리 없이 질주했다. 세계 5위의 자동차 생산국이자 자동차 기술 선도자로서의 한국의 위상을 보여주는 대회로 기록될 만했다. 미국의 그랜드 챌린지Grand Challenge나 호주의 월드 솔라 챌린지World Solar Chal-lenge 같은 권위 있는 국제자동차기술경진대회가 열리고 있으나, 지능형 기술과 친환경 기술을 결합한 무인태양광자동차경주는 새로운 개념의 대회였다. 첫 대회였음에도 미래형 자동차에 대한 비전을 보여주고 사회적 관심과 호응을 불러오는 등 파급효과가 만만치 않았다. 그럼에도 나는 이 대회의 진정한 가치는 공학도 청년들과 그들의 멘토 서승우 교수가 빚어낸 드라마틱한 한 편의 성장서사를 꽃피운 데 있다고 생각한다.

당시 공대학장이었던 나는 서승우 교수로부터 처음 무인태양광자동차경주대회에 대한 야심찬 기획을 듣고 솔깃했다. 현기증이 날 정도로 치닫는 기술혁명이 조만간 스마트폰에서처럼 자동차에 집중되어 폭발하게 될 것을 예감하던 터여서, 서 교수가 들려주는 무인태양광자동차대회는 의미심장했고 덩달아 가슴이 설렜다. 대회의 기획을 궁글려 싹을 틔우고 꽃을 피워 결실을 맺기까지 그 지난한 과정에 새겨진 서승우 교수의 용기 있고 도전적인 행동 하나하나가 내 기억에 '스냅 샷'처럼 찍혔다. 그것들을 연속해 이어보면서 공학을 전공한 조직의 리더이자 공학도들의 멘토로서 서승우 교수의 지향점을 엿볼 수 있었다.

우리 사회에는 공학인에 대한 두 개의 시선이 공존하는 것 같다. 과학기술의 키워드로 세계를 설명하고 더 나아가 세상을 바꾸는 매우 정교한 과학지식을 가지고 있어야 한다는 시선이 그 하나다. 반대로 사회와 인간에 대한 통찰에서 섬세하지 못한 큰 주장만 할 것이라는 통념이 다른 하나다. 첫 번째 시선이 공학인에 대한 과도한 기대에서 비롯되었다면 두 번째 통념은 부당한 대우에서 생기는 듯싶다.

그러나 서승우 교수는 이러한 사회적 통념과 시선을 관통해 자유로워 보인다. 이를테면 그는 톨스토이와 러셀에서, 그리고 한비자와 피터 드러커, 존 듀이 등에게서 불변하는 성공적 삶의 원리로서 '용기' '도전' '열정' '노력'을 추출해내는 폭넓은 인문적 지식을 갖추고 있다. 또한 이러한 원리를 동력으로 삼아 학생들의 실력과 잠재력을 극대화하는 팀 프로젝트 같은 치밀하고 과감한 교수법을 좋아한다.

최근 우리 사회를 달구고 있는 창의교육에 대한 논의는 사실 인문사회 쪽에서보다 과학기술 및 이공학계에서 더 뜨겁고 역동적으로 번져가고 있는데, 창의교육에서 주목하는 수업 모델의 하나가 팀 프로젝트다. 이는 팀워크(협업) 속에서 이론과 실습이 조화를 이룬 수업 방식으로, 서승우 교수가 무인태양광자동차경주대회 과정에서 주도한 팀 프로젝트야말로 모범적인 사례라 할 만하다. 이 책은 바로 압축파일을 풀어놓듯 무인태양광자동차경주대회를 통한 팀 프로젝트를 낱낱이 기록한 보고다.

"배움의 가능성이 있다면 실패를 두려워할 필요가 없다"는 서승우 교수의 단언은 꿈꾸고 상상하고 실패하며 혁신적 사고를 기르는 훈련장으로서의 '학교 사용법'을 진지하게 성찰하게 만든다. 서승우 교수는 자신의 문하에 들어서는 청년 공학도들에게 자발적으로 배움과 훈련에 대한 기대를 투사하여 따르게 만드는 멘토다. 이 책은 공학도의 꿈을 꾸는 청소년들에게 멘토링의 길을 열어 그들 젊은 가슴에 빛 한 줄기를 띄워줄 것이다. 그렇게 한 사람의 공학도의 인생을 열어주고 우리 미래를 보여주는 것, 그것이 서승우 교수가 지향하고 있는 생의 목표인 듯하다.

강태진(전 서울대학교 공과대학장)

그 누구도 도전해보지 않은 '무인태양광자동차경주대회'를 훌륭히 치러 낸 서승우 교수. 이 책에는 선례를 따를 수 없는 일에 스스로 개척자가 되어 본 자만이 알 수 있는 알짜배기 전략들이 조목조목 담겨 있다. 나는 그의 열정과 도전을 응원하고 오랫동안 기억할 것이다.

김난도(서울대학교 교수)

감동적이다! 방송 현장에서 대본으로만 보던 글이 몇 단계 발전하여 멋진 책으로 만들어진 것 자체만으로도 이 책은 감성공학의 1번지에 위치한 스토리텔링 작품이다! 과거의 열정과 도전을 회고하는 글이 아니라 현재의 최첨단 분야에서 실시간의 도전과 현장의 체험이 생생하게 전달되는 '미래로 향하는 내비게이터'와도 같은 책이다.

김도균(록 기타리스트, 전 그룹백두산 멤버)

서승우 교수는 본인의 연구 분야에서 국제적 명성을 쌓아온 공학자이지만 이 책을 통해서는 서로 다른 분야의 지식들을 엮는 연결 전문가로 변신했다. 공학기술들을 경영하여 성공적인 결과물을 만들어내기 위해 필요한 절차와 방법을 인문사회적 관점에서 조명했다. 여기에 중국 고전의 지혜까지 더하여 궁극적으로는 세상을 살아가는 데 필요한 삶의 키워드로 정리해냈다. 동서고금의 사상들을 일관성 있게 엮어내는 그의 통찰력은 읽는 사람들의 흥미를 유발시킬 뿐만 아니라 세상을 보는 관점도 새롭게 정의해준다.

문휘창(서울대학교 국제대학원 원장)

이 책에는 교수로서 누구보다 열심히 살아온 저자가 경험을 통해 느껴온 많은 것들이 담겨져 있다. 단순히 지식만 전달하는 사람이 아닌 진정한 교육자로서의 면모가 전달된다. 동료로서 평소에 보아왔던 필자의 진지함이 학생과의 사이에서도 작용한 듯싶다. 작은 성공의 성취감을 맛본 사람이 큰 성공을 할 수 있다는 말 등 의미 깊은 많은 구절들이 내게 크게 다가온다. 피상적인 위로의 말들이 아닌 교육에 집중하는 과정을 통해 느낀 값진 생각들을 후학들에게 전하고자 하는 그 사랑에 다시 한 번 감동을 받게 된다. 이 책을 읽고 크게 공감했다면 그 젊은이는 자신의 목표를 이루기 위한 인생의 지름길을 찾았다 해도 과언이 아니다.

박정희(서울대학교 교수, 전 생활과학대학장)

"젊은이들이여, 인생 드라마의 주인공이 되고 싶다면 이 책을 읽으세요."
"진정한 기업가 정신을 배우고 싶다면 이 책을 선택하세요."
세계 최초를 지향하는 무인태양광자동차경주대회라는 한 편의 드라마를 통하여 인생 프로젝트의 꿈을 이루어가는 리더의 길을 깨닫게 될 것이다. 한 사람의 제자라도 낙오되지 않고 인생 드라마의 주인공이 되기를 바라는 참

스승의 절절한 제자 사랑을 통하여 여러분 스스로의 인생 드라마를 올바로 인식하고 열정 드라마의 행복한 주인공이 될 수 있을 것이다.

손욱(전 삼성종합기술원 원장, 전 ㈜농심 회장, 현 서울대학교 차세대융합기술원 교수)

서울대학교 서승우 교수가 쓴 이 책은 특별하다. 그가 도전하여 성황리에 끝마친 '무인태양광자동차경주대회'는 물론이거니와 서승우 교수 자신의 크고 작은 성공담과 실패담, 그리고 제자들과의 상담 사례는 독자들을 추상적으로 위로하거나 힐링시키지 않는다. 실제로 도전하게 하고, 일단 저지르게 만든다. 문을 두드리려면 그 문 앞까지 가야 하며, 현실을 바꿀 수 있는 마법이란 남들보다 빨리, 그리고 멀리 손을 뻗어 원하는 것을 얻는 것뿐이라고 한다. 공대 교수답게 눈에 보이는 것을 획득하는 키워드를 전해주려는 그만의 후배 사랑법은 독자들의 마음을 움직일 것이다. 국내 최초 '무인태양광자동차경주대회'를 성황리에 치러낸 경험을 토대로 그가 만들어낸 성공의 키워드 'JP-DRAMA'는 젊은이들에게 삶의 지표가 되기에 충분하다.

안병만(전 교육과학기술부 장관)

작은 '용기'와 '성공'은 물론 '실패'의 경험조차도 소중히 하며 후배들을 위해 글을 쓴 서승우 교수의 이 책은 또 다른 의미의 '도전'이다. Fast-follower가 아닌 First-mover로 내일을 살아가야 할 젊은 후배들에게 '용기' '노력' '열정' '도전'이라는 단어는 어쩌면 진부할 수도 있다. 하지만 마음을 다해서 자신의 경험담을 깨알같이 풀어놓은 서승우 교수식의 후배 사랑법이 내 마음을 움직였다. "인생의 가장 큰 스승은 경험이다! 부딪쳐라! 하면 된다! 일단 저지르고 봐야 한다!" 그리고 "내가 직접 해봤다"고 그는 말한다. 공대 교수가 쓴 이 책한 권만으로도 후배들에게 '열정의 이미지'로 영원히 기억되기를 바라는 그의 바람은 가능해진 것 같다.

안승권(LG전자 CTO, 사장, 공학박사)

서 교수를 그냥 능력 있는 교수로만 알고 있었던 나는 이 책을 읽으면서 놀라지 않을 수 없었다. 그냥 적당히 해도 될 것 같은 사람도 이렇게 공부하고 노력하는구나 감탄했다. 중국 각종 고사에서부터 현대 최고 지성을 아우르는 해박한 지식은 서 교수 독서의 깊이를 가늠하게 해주는데, 이 정도면 공학자에 대한 일반적 인식을 바꾸고도 남는다.

인류의 큰 스승인 예수께서도 희망을 가장 중요한 덕목의 하나로 얘기했다. 그러나 꿈과 희망도 실천할 계획이 따르지 않는다면 한낱 공상에 지나지 않는다. 젊은이들이 꿈과 희망을 가지고 그것을 차근차근 성취해나가려면 계획이 필요하다. 그렇지만 사회에 첫걸음을 내딛는 젊은이들은 어떻게 계획을 세워 꿈을 이루어갈지 막막하기 짝이 없을 것이다. 서 교수는 이 책에서 본인의 학생지도, 연구, 그리고 무인태양광자동차 경주대회라는 아무도 시도하지 않았던 큰 행사를 실현해나가면서 느낀 경험을 바탕으로 꿈을 현실로 만들기 위한 방안을 젊은이들에게 제시하고 있다. 그 방안의 단계별 키워드를 조합했더니 JP-DRAMA가 된 것 또한 서 교수의 번득이는 아이디어를 증명한다.

이 책의 서문에서 서 교수는 스스로 한 일을 우공이산이라고 표현했다. 그러나 서 교수는 결코 우공이 아니다. 어리석은 사람의 맹목적 끈기는 아집일 뿐이다. 서 교수는 모든 일을 명확한 목표를 가지고 끈기 있게 추진한다. 바로 이러한 사람들에 의해 사회는 발전해왔으며, 이런 사람들이야말로 인생의 꿈을 성취한 사람들이다.

서 교수는 진정으로 학생들을 사랑한다. 그렇지 않고서야 꿈을 실현하고 싶은 젊은이들에게 성공 가이드라인을 하나하나 친절히 제시해주기 위해 밤을 새워가면서 이 책을 쓰는 수고를 자청했겠는가?

이우일(서울대학교 교수, 무인태양광자동차경주대회 조직위원장, 전 공과대학장)

‘용기’ ‘노력’ ‘열정’ ‘도전’ 저자가 뽑은 키워드 네 개는 이 책의 주 독자층인 20~30대 청년을 위한 것이었으리라. 그러나 이 책의 원고를 받아든 나는 단숨에 읽어 내려갔다. 정년을 코앞에 둔 나에게, 은퇴 후 전개될 삶에서 가장 필요한 키워드야말로 바로 용기, 노력, 열정, 도전, 그리고 DRAMA이기에……

조동성(서울대학교 교수, 전 경영대학장)

아침 설렘으로 집을 나서라

ⓒ 서승우, 2013

초판 1쇄 인쇄 2013년 11월 26일
초판 1쇄 발행 2013년 12월 11일

지은이   서승우
펴낸이   김동영
주간   정은영
편집   사태희, 김미나, 이새봄
마케팅   박제연, 전연교
제작   이재욱

펴낸곳   이지북
출판등록   2000년 11월 9일 제313-2000-188호
주소   121-840 서울 마포구 서교동 396-33번지
전화   편집부 (02)324-2347, 경영지원부 (02)325-6047
팩스   편집부 (02)324-2348, 경영지원부 (02)2648-1311
이메일   jamoteen@jamobook.com
홈페이지   www.jamo21.net
독자카페   cafe.naver.com/cafejamo

ISBN 978-89-5624-415-0 (03810)

잘못된 책은 교환해드립니다.
저자와의 협의하에 인지는 붙이지 않습니다.

이 도서의 국립중앙도서관 출판시도서목록(CIP)은 서지정보유통지원시스템
홈페이지(http://seoji.nl.go.kr)와 국가자료공동목록시스템(http://www.nl.go.kr/kolisnet)에서
이용하실 수 있습니다.(CIP제어번호: CIP2013024780)